L'INCENDIE
Collection dirigée par Glenn Tavennec

ANTOINE DOLE

SIX PIEDS SUR TERRE

roman

L'INCENDIE

Robert Laffont

ISSN à venir
ISBN 978-2-221-25560-5
Dépôt légal : août 2021
Éditions Robert Laffont – 92, avenue de France, 75013 Paris

Pour Axl

Pour Christophe

La vie t'apprend comment la vivre,
si tu lui en laisses le temps.

Tony BENNETT

Nous vivons tous dans une maison en feu.
Il n'y a personne pour éteindre cet incendie
et il n'y a aucune issue de secours.

Tennessee WILLIAMS

UN

JÉRÉMY

Odile ne cherche pas les regards, n'essaie pas de sourire. Ce qu'elle est devenue, maintenant que les barrières de chair sont à nouveau solides et qu'elle a repris son souffle, ne s'embarrasse plus de personne. Elle tient contre sa peau la seule chose importante. Même si les douleurs persistent dans son ventre et qu'on lui répète de se reposer, elle continue de le serrer contre elle, ce petit bout de vie. Elle refuse les mains qui s'approchent, même celles de sa fille lui semblent immenses et menaçantes. Le bébé est trop fragile, trop minuscule, pour le déposer ailleurs qu'au creux de ses bras. Tout entière elle forme une cavité où il peut s'endormir, à l'abri. Elle ne pense qu'à ça. Ne rien brusquer. Respirer le minimum pour ne pas le réveiller. Pas le moindre mouvement. Elle se moque bien que ça gratte, que ça tire, que ça picote. Son petit Jérémy dort paisiblement contre elle, et c'est tout ce qui compte. Cet enfant, il ne lui arrivera rien, elle est une barrière entre le monde et lui.

Jean-Marc s'occupe des visiteurs. Il raconte l'accouchement. Il parle comme si le bébé était sorti de lui, en soufflant fort pour montrer à quel point il a fallu pousser et pousser encore afin qu'une vie se fraie un chemin à travers le néant. Il pose pour les photos. Il dirige la chorégraphie de visages qui vont et viennent autour du lit. Il n'oublie jamais Madeline. La gamine assure aussi le spectacle pour les membres de la famille. Cent fois elle raconte qu'elle est contente d'avoir un frère, puis elle se serre aussitôt contre son père. Elle ne cesse de pouffer de rire. À cinq ans, Madeline est une fillette qui ne demande aucun effort.

Jean-Marc parle trop. On dirait qu'il se moque de ce qui se joue en profondeur dans cette chambre. La transformation s'est opérée sans qu'il s'en aperçoive, à force de s'agiter pour recevoir les bises et les félicitations. Quand il se tourne vers Odile, c'en est presque brutal, il plante les mots et les regards sur elle afin de lui arracher des émotions qu'elle compte bien ne pas donner.

Elle ne sourit pas. Elle ne parle pas. Et dans sa tête ses pensées ne sont plus que de lointains murmures. Elle est morte au-dedans. Toute la vie qui l'habitait est à présent une chaleur douce dans la paume de sa main. Une odeur sucrée. Une peau rose, fine et plissée, qui glisse sous ses doigts. C'est leur deuxième enfant, mais ce qu'elle tient dans ses bras est davantage que ce miracle qu'elle a ressenti pour le premier : elle a donné la vie et, désormais, n'a plus aucune envie d'en reprendre ne serait-ce qu'un peu. Quelque chose d'elle s'est comme décroché, à l'instant même où ce bébé est né, pour ne laisser que la certitude qu'il était impossible de lui survivre. Elle lui laisse alors toute la vie, toute la magie, tous les possibles. Tout l'amour.

Elle ne l'explique pas. Elle ne ressent plus rien, ni pour Jean-Marc, ni pour Madeline, ni pour aucun des visiteurs qui se pressent autour d'elle. Et ça, elle ne peut pas le dire, c'est devenu son secret. Quand elle contemple le bébé, la limite est là, devant elle. Il n'y a plus rien ensuite.

Il s'appelle Jérémy. À la maternité de Chambéry sa naissance est devenue une attraction, les infirmières s'étonnent de découvrir un nourrisson si paisible. À tel point qu'il a fallu procéder à plus d'examens qu'à l'ordinaire. Non, il ne pleure pas. Oui, on ne l'entend jamais. Il est contre sa mère, à nouveau lié à son corps. Les inconnus, les proches le surnomment « le trésor », mais aucun d'eux ne perçoit ce qu'Odile a saisi quand elle a plongé ses yeux dans les siens la première fois. Il n'a plus besoin que de sa mère pour se remplir, absorber le fluide vital, assimiler la totalité de ce qu'elle tend vers lui d'intangible et d'intime. Déjà, il la dévore.

Quand le père s'approche, Odile a un recul, d'instinct, avant de s'adoucir. Pour la photographie, rien ne dépasse du cadre. La famille parfaite. Jean-Marc soulève Madeline et l'assoit près de sa mère. Odile tient le bébé contre son sein, elle n'offre pas son visage à l'objectif. Le sourire qu'elle adresse, quand on le lui demande, est une fissure donnant sur du vide.

CAMILLE

Patricia ne voulait pas venir fêter Noël chez ses parents. Pendant des semaines, elle avait égrené les excuses telles les surprises d'un mauvais calendrier de l'Avent. Ce serait une trop longue route pour Camille. La petite n'aimait pas voir du monde. Elles avaient leurs habitudes à elles. Ça serait trop compliqué. Mais ses parents ont insisté, des rafales d'arguments pas dénués de bon sens que même Patricia était capable d'entendre. Elle avait tenu ses positions jusqu'au dernier moment, pour le principe, avant de leur annoncer qu'elle allait prendre des billets de train, d'un ton excédé, comme s'ils ne lui avaient pas laissé le choix. Au fond, elle savait que ça la soulagerait, d'avoir d'autres personnes pour surveiller Camille. Et si ses parents en faisaient trop, au moins elle pourrait enfin se reposer. Que sa fille soit contente n'était pas le moteur premier, Camille était toujours enjouée.

Patricia avait entassé leurs vêtements dans une grande valise, les larmes et les pensées bien trop mélangées pour y voir grand-chose à ce qu'elle attrapait dans l'armoire. Camille, assise sur le lit, écoutait Patricia qui n'arrêtait pas de répéter qu'on ne la laissait jamais faire comme elle voulait. Patricia était loin d'être ravie, pourtant elle jetait machinalement dans la valise ce dont elle aurait besoin pour s'éloigner d'ici.

Elle avait encore en tête les mauvaises sensations de sa récente rupture. Un type qu'elle avait fréquenté quelques semaines et qui l'avait larguée quand il avait découvert l'existence de Camille. Il fallait qu'elle se change les idées.

Et maintenant elle est là, chez ses parents. Au milieu des odeurs de biscuits et de sucre, enfoncée dans ce canapé cuir gigantesque, à feuilleter le programme télé pendant que Camille s'apprête à ouvrir ses cadeaux au pied du sapin. Patricia n'est pas le centre de l'attention, c'est Camille qui avale la lumière autant qu'elle la diffuse. Camille envoie voler des sourires à travers la pièce, que sa mère laisse retomber sur le carrelage, trop occupée à montrer à tout le monde qu'elle n'a pas envie d'être là mais avec ce garçon qui n'a plus voulu d'elle. Ça a toujours été comme ça avec Patricia, ce besoin de faire payer à ceux qui restent tout ce qu'elle ne peut plus reprocher à ceux qui sont partis.

Mais Camille a cinq ans et ne se rend compte de rien. C'est le début d'une journée extraordinaire. Elle est la pile qui donne à cette fête toute la magie nécessaire. Pour elle, on laisse couler des rivières de chocolat chaud et on allume des lumières de toutes les couleurs qui font clignoter les murs. Elle danse autour des cadeaux dans le tee-shirt trop grand que sa grand-mère a trouvé pour elle. Patricia a oublié de lui prendre un pyjama. Mère et fille sont arrivées la veille, les grands- parents les attendaient sur le quai de la gare. La première engueulade a commencé dans la voiture, quand la mère de Patricia a retiré le bonnet de la petite et a fait une remarque sur les nœuds dans ses cheveux. Patricia voulait déjà repartir, elle a prévenu : je ne suis pas venue pour entendre ces conneries, sinon je prends ma fille et je rentre. Un avant-goût du séjour. Plus personne n'a bronché sur le restant du trajet, assis dans l'habitacle, si près et si loin à la fois, bien conscients que désormais Camille était la seule glu entre eux, le seul liant à maintenir le désir de se revoir.

Enfant, Patricia était une créature fragile et souriante, comme Camille. Elle aimait la spirale joyeuse que le monde dessinait autour d'elle. Mais, avant qu'elle n'atteigne l'âge de dix ans, quelque chose s'était cassé en elle. Sans amour et sans joie, elle était devenue une jeune fille réservée et secrète, puis une adolescente colérique et révoltée, tout en éclats de voix. La faute aux autres, bien sûr. Ils n'avaient fait qu'empirer la situation. Au fil d'années de disputes et de cris, elle avait grandi sans qu'on n'ose plus lui dire quoi que ce soit, de peur de ses réactions et de ce dont elle était capable quand elle se mettait dans ces états. Même elle ne se supportait plus. À l'approche de ses dix-huit ans, elle avait fini par fuguer pour se donner une chance de laisser cette colère derrière elle. Mais rien ne la sème, rien ne l'égare, cette colère, elle se répand, comme une brûlure qui s'inflige à la surface de tout. Chaque rencontre était une fuite, mais pour Patricia, elle était surtout une occasion de croire en autre chose qui pourrait la changer, la faire se sentir mieux. Les garçons l'avaient bien compris. D'ailleurs les pires pouvaient renifler ça. Les charognards. Une ribambelle de connards s'étaient donné la main pour former une barrière entre elle et la multitude d'autres possibles.

De déception en déception, elle était devenue cette jeune femme inflammable qui errait dans un monde peuplé d'allumettes, persuadée que l'incendie ne pouvait que se propager autour d'elle. À chacun de ses pas, à chaque nouvelle embrassade, à chaque contact, quelque chose brûlait plus fort qui ne lui laissait plus l'espoir de trouver sa place. Il y a des gens dont on sait d'instinct que leur vie entière sera une complication, un enchevêtrement de brasiers intimes et douloureux impossibles à éteindre, alors quand c'est de soi-même qu'il s'agit, et que l'on perçoit cela, qu'est-ce qu'on a à perdre à tenter de passer au travers, quoi qu'il en coûte ? À seulement dix-huit ans, Patricia avait accepté que ceux qui l'approchaient soient voués à prendre feu avec elle. Alors elle ferait sa vie dans une forme d'urgence. Sans rien attendre des autres, sans rien leur devoir. Sans rien construire sur quoi elle ne pourrait rayer d'un trait. Ses parents avaient abandonné, eux aussi. Ils avaient cessé de s'inquiéter pour elle. Ne parlaient plus de leur fille à leurs amis. Ils espéraient qu'elle fasse un jour la « bonne rencontre » et reviendrait du « bon côté », car c'était encore cette époque où l'on espérait des rencontres qui sauvent, qu'il existe un côté de cette vie où tout est toujours simple et doux.

Quand elle est tombée enceinte à dix-neuf ans, d'un garçon qu'elle ne connaissait pas, et qu'elle a frappé à leur porte quelques mois plus tard, un bébé minuscule dans les bras, ils n'ont plus eu le choix. Plus que l'obligation de laisser les flammes entrer à nouveau dans leur vie, d'accueillir Camille. Pas pour Patricia mais pour ce bébé. Ce nouveau point de départ. Cette nouvelle chance d'être une famille.

Depuis, c'est autre chose qui porte les pas de Patricia. Une rancœur qui la tient debout. Quelle que soit la distance qu'elle s'évertue à mettre entre elle et eux, les villes où elle s'efforce de trouver des petits boulots ou des mecs, elle revient au terme de longs détours, comme si elle cherchait la force suffisante pour leur assener définitivement l'intégralité de ce qu'elle leur reproche. Elle tente en vain d'atteindre des limites qui n'existent pas. Et cet entre-deux froid les rassemble à présent. Ils ne se connaissent plus mais ils apprennent à faire semblant.

Sa fille Camille est un objet étrange entre ses mains, un talisman qui lui permet de convoquer l'amour quand elle en a besoin. Patricia a caché à l'intérieur de ce petit corps ce savant mélange de colère et de douceur, de passion et de douleur qu'elle a crié des heures, seule, dans la salle d'accouchement comme une longue prière. Une menace, presque. Sa fille était à elle. Juste à elle. Une vie dans la sienne. Camille n'aurait pas de père et cela valait mieux ainsi. Mais Camille n'était plus, depuis longtemps, ce minuscule bébé. Si Patricia avait nourri la certitude de ne plus jamais être seule puisqu'elles étaient deux, elle sentait poindre la perspective d'une autre solitude à force de voir Camille s'ouvrir doucement sur le dehors. C'est ce qui empêchait Patricia de devenir totalement mère dans son cœur, l'idée insupportable qu'un jour sa fille grandirait et n'aurait plus besoin d'elle.

Camille se penche sur les cadeaux, elle ne sait pas par lequel commencer. Les papiers brillent et les motifs dessinés sont autant de hameçons qui harponnent son regard et son sourire. Elle se lance dans un petit rire soyeux. Le plus gros paquet, évidemment. Tandis qu'elle l'attrape, sa grand-mère glousse. C'est elle qui a choisi ce cadeau-là, dans le magasin de jouets. Camille arrache les pans de papier et les rubans en poussant des cris, comme si c'était un jeu de rendre ça le plus sonore possible. Et alors que les morceaux déchirés retombent au sol, elle s'immobilise, silencieuse, en découvrant le contenu. Un poupon. Un poupon dans son pyjama rose avec ses joues rondes et ses yeux bleus étonnés qui la fixent à travers la fenêtre transparente de l'emballage. Camille ne dit plus rien à mesure qu'elle l'envisage, ce minuscule ersatz de vie qui dépend d'elle. La grand-mère s'agenouille. Avec des gestes lents, comme pour ne pas réveiller ce bébé bizarre, elle lui ouvre la boîte, sort le poupon et le pose dans les bras de Camille. La fillette ne sait pas quoi en faire, le laisse tomber par terre. Le poupon se met à pleurer, d'une voix synthétique que le plastique avale. Camille s'en veut et le ramasse aussitôt. Sa grand-mère lui explique :

— C'est ton bébé, tu dois t'en occuper maintenant, regarde !

La grand-mère presse le biberon en plastique contre la bouche en plastique. Et rien n'a de sens et pourtant tout en a. Camille le déteste mais n'ose plus le lâcher. Elle ne l'aime pas, mais elle lui sourit. Elle a peur que le poupon se remette à pleurer. Elle ne prête plus attention aux autres cadeaux, elle est comme suspendue à ces deux yeux bleus brillants. Elle est surprise de s'entendre s'excuser en cognant la tête du poupon contre le meuble quand elle se relève. Elle le refait deux, trois fois. Puis ça finit par devenir naturel, d'articuler chacun de ses mouvements pour que les murs s'écartent, que les coins de table s'éloignent. Avec une minutie d'enfant elle redessine le décor dans sa tête, pour mieux le protéger. Elle calme des pleurs qui n'existent pas. Lui donne à manger des gourmandises qui n'existent pas. Tout s'ouvre autant que tout se ferme, en seulement quelques minutes.

Patricia lève le nez de son magazine en entendant ses parents s'extasier une énième fois, elle écarquille les yeux :

— C'est quoi, ça ?

— Le Père Noël a apporté un poupon à Camille.

Patricia se lève d'un bond du canapé, elle jette le magazine par terre. Camille a un mouvement de recul en voyant sa mère se ruer sur elle, elle ne sait pas si elle a fait quelque chose de mal avec le bébé, est-ce qu'elle ne le tient pas comme il faut ? Est-ce qu'il va pleurer encore ? Patricia attrape le poupon et le soulève dans les airs comme si elle allait l'envoyer dans le ciel.

— Je vous ai pourtant dit que je ne voulais pas que Camille ait ce genre de trucs !

— Patricia, c'est juste un poupon, c'est… Regarde comme elle est contente !

Et les cris remplissent la pièce autour de Camille, et tout ce qu'elle entend, ce sont les pleurs du poupon que sa mère secoue dans tous les sens. Camille est tétanisée, mais quelque chose d'elle a pris ses habitudes dans le chaos de sa mère. Elle sait que les cris finissent par s'arrêter. Que le calme revient toujours. Au milieu de la dispute, sans rien dire, elle se remet en mouvement, retourne sous le sapin ouvrir ses autres cadeaux. Un puzzle. Des vêtements. Elle les met en évidence à côté d'elle pour que sa mère les aperçoive si elle tourne la tête dans sa direction. Tu vois maman, tout va bien, regarde. Mais plus personne ne fait attention à elle, les adultes s'entrechoquent, se cognent les uns aux autres. Les brûlures, encore. Elles défigurent tout, rien que Camille ne soit en âge de percevoir ou de comprendre.

Quand elle a terminé, Camille va s'installer devant la télévision, sur un tas de coussins. Elle observe du coin de l'œil sa grand-mère partir à la cuisine, suivie par son grand-père d'un pas plus lent et abattu. Le matin de Noël est gâché, une habitude familiale. Patricia vient s'asseoir à côté de Camille au milieu des coussins. L'enfant ne décroche pas ses yeux de l'écran, tandis que sa mère soulève le pyjama du poupon, retire le couvercle dans son dos et arrache les piles une à une pour qu'il se taise enfin. Puis elle plonge ses yeux dans ceux de sa fille :

— Camille, le Père Noël s'est trompé. Il n'est pas pour toi, ce jouet.

— D'accord.

— Maman et Camille, c'est tout. Juste nous deux. On a besoin de personne d'autre.

— D'accord.

— Maman va aller s'allonger, tu peux regarder la télé si tu veux. Mamie t'appellera pour manger.

— D'accord.

Camille regarde sa mère s'éloigner avec le bébé, qu'elle tient par une jambe, suspendu la tête en bas. Camille est petite, à l'âge où les désastres ne ressemblent qu'à la vie normale.

*

La nuit est tombée. Tout le monde s'est endormi. Le grand-père a joué avec Camille une partie de l'après-midi. Ils ont construit le puzzle qu'elle a eu ce matin. En réalité, elle l'a surtout regardé faire. Le reste de la journée n'a été que passe-moi le sel, non merci, et des heures désamorcées par des banalités échangées. Dans les yeux de Camille, c'est resté magique : elle a repris deux fois de la bûche au chocolat pour le dessert et a pu paresser devant la télévision autant qu'elle a voulu. Le reste du temps, elle a observé ses grands-parents sans trouver bizarre d'aimer des gens qu'elle ne connaît pas vraiment, sauf quand elle a fait un câlin à sa grand-mère et que celle-ci a commencé à la serrer trop fort. Patricia, elle, n'a plus prononcé ne serait-ce qu'un mot jusqu'au moment d'aller se coucher. Quand sa fille et elle se sont retrouvées toutes les deux dans son ancienne chambre d'ado, elle a fini par lâcher :

— Tu sais, papi et mamie peuvent raconter des choses des fois... Mais c'est moi ta maman. C'est moi qui décide ce qui est bon pour toi.

Camille n'a rien répondu. Ce sont les frontières de son monde. Sa mère, dans tout le champ de vision. Tout l'horizon. Allongée sous les couvertures sur son lit de camp, Camille a attendu qu'elle s'endorme pour se relever. Lentement, elle a posé les pieds sur le parquet rugueux, en essayant de ne pas le faire craquer. Elle n'a qu'une idée en tête depuis le matin. Une idée qui ne l'a pas quittée et qui a traversé les heures, les films à la télévision, les mots des grands et leurs visages un peu tristes.

Sur la pointe des pieds, elle parcourt les couloirs de la maison plongés dans le noir, elle déchiffre les ombres et apprivoise doucement l'obscurité. Elle n'a pas peur. Du haut de ses cinq ans elle a compris que les monstres préfèrent la lumière du jour pour apparaître. Elle le sait, elle en a déjà vu. Elle ne les craint pas. Des frissons saisissent son corps, tandis que le son des gouttes de pluie frappant les volets laisse à penser à d'autres milliers de pas accompagnant les siens. C'est une grande aventure pour une si petite fille, traverser cette maison qu'elle ne connaît pas bien. Pourtant elle est décidée. Elle a réfléchi toute la journée : il faudra passer par ici, et puis passer par là… Sans que cela prenne forme de cette façon, tout est clair dans sa tête. Elle marche jusqu'à la cuisine, referme la porte derrière elle. Et sans s'en rendre compte, commence à retenir son souffle. Un emboîtement de gestes logiques dont elle ne mesure pas la somme pour arriver là, la main sur la poignée du placard. Elle ouvre la porte, soulève le couvercle de la poubelle dissimulée sous l'évier. Elle se penche au-dessus pour voir s'il est encore dedans. Sous les reliefs du dîner, elle devine la forme du poupon. Elle plonge la main dans les restes de gratin dauphinois et de dinde, l'extirpe de cette bouillie de fête. Il ne pleure pas. Il n'a plus aucune réaction. Camille imagine qu'il est content de la revoir, voilà, c'est aussi simple que ça. Elle essuie le visage de plastique avec un bout de Sopalin. Elle va prendre soin de lui, promis, lui faire oublier comme il a dû se sentir seul. Personne n'est là pour la gronder et crier. Elle va s'en occuper aussi longtemps qu'elle tiendra les yeux ouverts et que la nuit les protégera. Et tandis que ce monde dort et ses colères avec, Camille berce le poupon et lui murmure que tout ira bien, maintenant qu'elle est près de lui.

— S'il te plaît, ne pleure pas. Maman reste avec toi.

Un jour, elle est apparue.

Elle n'y était pas la veille, ou alors imperceptible, tapie dans le clair-obscur et la matière. Un matin, elle a percé la surface. Une ombre d'à peine quelques centimètres, au plafond.

Elle a traversé la peinture. Elle venait de nulle part. Mais, déjà, elle était impossible à déloger. Un point noir, un impact de ténèbres.

Il l'a frottée avec un bout de chiffon. Comment Camille ou lui auraient pu faire une trace à cet endroit ? Jérémy l'a observée un moment avant de comprendre qu'ils n'y étaient pour rien. Une fuite. Il y avait une fuite. Et dans son sillage, une succession de dégâts prévisibles. Quelque part dans cette immense structure qui soutenait le quotidien de Jérémy et Camille, une canalisation défectueuse. Elle pouvait être partout et nulle part, personne n'aurait pu prévoir le sinistre jusqu'au matin où la tache est devenue évidente.

Sur le blanc immaculé on ne voyait plus que ça. La conséquence. La manifestation du problème.

Là, à travers les murs, un minuscule ruisseau lancé au goutte-à-goutte traçait sa lente érosion vers la lumière. Il n'était pas question de se fondre et d'attendre, de se faire oublier dans les épaisseurs. Il fallait que ça vive. Cette habitude nécessaire qu'ont les désastres de s'imposer un beau jour, quel que soit le temps que ça leur prend, cette patience cruelle.

Des heures durant, Jérémy l'a scrutée, cette discrète auréole brune. Il a posé le doigt dessus, s'attendant à passer au travers et qu'un pan du monde s'ouvre derrière. Mais elle était à la fois solide et molle, ni le début ni la fin. Minuscule orifice qui ne laissait encore rien entrevoir de la profondeur qu'il drainait avec lui, ni de toute la série de hasards et de catastrophes qui lui avait donné corps. Juste un avertissement. Un point d'orgue.

Pour Jérémy, ce n'était pas un simple dégât des eaux, c'était l'intime sensation qu'un désastre venait de s'incarner dans sa vie, au-delà du vernis et de ce qu'il était possible de camoufler, perforant le béton, craquelant la peinture, les artifices fragiles. Cette tache voulait exister, désirait qu'on la voie. Elle allait continuer de grandir, de s'étendre, elle ne ferait plus que ça. Il allait falloir désormais composer avec elle, il en avait la certitude.

Il avait donné un coup de peinture. Comme ça, par principe. Une colère était montée qui l'avait poussé à vouloir coûte que coûte dissimuler la tache à Camille. Planté sur son tabouret, pot de peinture dans une main et pinceau dans l'autre, il avait caché la misère en pestant un soir où Camille était sortie. Le résultat était pire après. La tache et, tout autour, cette bouillie sale des apparences qui ne trompent personne. Camille lui avait dit d'arrêter, de ne pas recommencer, d'arrêter d'aggraver les choses. Mais Jérémy savait. Cette érosion lente et sûre, c'est son enfance, ses souvenirs, ses secrets qui allaient se recracher au travers par fleuves entiers de débris, de rouille et de plâtre.

Assis, le nez en l'air, maintenant il ne voit plus que cet épicentre tranquille, qui attend son heure.

DEUX

JÉRÉMY

Jérémy ouvre les yeux, se tourne sur le côté et se recroqueville pour parer le choc. Sauf que rien ne vient, dans le noir, qu'une houle incessante à l'intérieur de lui qui brasse et brasse encore.

Il ne se réveille pas, pour ça il aurait fallu qu'il trouve le sommeil cette nuit. Les heures ont passé comme si quelque chose de lui s'était figé au centre de l'horloge, là où les secondes n'ont pas de prise et où le temps n'existe pas. Un point précis, un impact, où le mouvement s'est arrêté.

Sa sœur, Madeline, pousse la porte de sa chambre. Sa silhouette se décroche de l'aube froide du couloir, c'est une ombre compacte, perdue entre les murs. Depuis des jours, Madeline n'est plus qu'une forme, n'a plus de visage, plus de colonne vertébrale qui la soutienne. Madeline est un affaissement. Elle est dans cet état depuis que leur mère est partie.

— Jérémy, papa veut que tu…

Elle disparaît en tirant la porte avant d'avoir terminé sa phrase.

L'entrebâillement laisse passer un faisceau blanc qui redessine des contours. Dans le noir, une commode se découpe, puis un bureau. Des bouts d'obscurité se fatiguent en s'efforçant de ravaler le reste. Peine perdue. Jérémy se recroqueville un peu plus, mais sa rétine s'est calée sur la lumière du dehors. Il devine désormais chaque recoin de sa chambre et il déteste ça, ce monde qui tout à coup le rattrape et le fixe.

Il voit son téléphone sur la table de chevet. Il doit dire à sa mère ce qui se passe ici. Il doit lui dire que Madeline ne va pas bien. Que leur père ne va pas bien. Que lui non plus ne va pas bien. Depuis trois jours, chaque soupir creuse un gouffre plus profond que la veille. Sur le clavier de son téléphone, il écrit : « *Maman, c'est trop difficile. Il faut que tu reviennes. J'ai besoin de te parler.* » Il clique sur Envoyer. Au-dessus de son message, celui qu'elle lui a adressé l'autre jour, où elle lui demandait de la rappeler. Jérémy n'ose plus respirer. Il a peur qu'une inspiration un peu trop forte le disloque.

Il a mal à la gorge, mal à la tête, mal dans la mâchoire, et il a mal au ventre. Le corps a pris des plis, à force de stocker la douleur n'importe comment. Tout s'est déformé pour épouser les courbes d'un malaise sans bordures établies.

Ce n'est pas compliqué, il voudrait que sa mère soit là, qu'elle le protège de toutes ces émotions qui le submergent, sentir ses bras encercler son ventre, son torse, son souffle sur sa nuque, chaud et rassurant.

Un regard de côté, droit et persistant, comme s'il fallait deviner quelque chose dans la pénombre. Il ne fixe rien en réalité, les yeux sont tournés loin vers le dedans. Il attend à nouveau le choc, mais rien ne vient. Il attend la collision, mais rien ne vient. Juste le silence autour, le froid. Et il déteste ça, aussi.

Jérémy se lève, s'avance jusqu'à la porte de sa chambre. Ses gestes sont saccadés, tout est rigide sous la peau, un agencement de couches sédimentaires, compactes ; les impulsions de vie s'y sont fossilisées. À chaque geste ça craque, la moindre impulsion est brutale, alors il adopte une tectonique craintive. Il consulte à nouveau l'écran de son téléphone et écrit un second message à sa mère : « *Maman, je suis pas sûr d'y arriver. Je m'en sens pas capable. Tu dois revenir, on a besoin de toi.* » Il lui envoie. Il le relit. Sur l'écran, toutes les pensées se ressemblent, tous les mots sont les mêmes. Alignements de bâtons et de courbes, comme des pensées qui ne cessent de se tordre et de casser.

Il titube dans le couloir. Ses sensations sont confuses. Sa rétine peine à restituer le spectre des couleurs. Tout est gris. Un rapide coup d'œil par la fenêtre et il recule. Le monde entier menace de s'effondrer sur lui. Un paysage de cendres qui ne tient plus en place. Est-ce qu'il faut vivre de cette façon à présent ? Comme si un soupir pouvait balayer la surface du monde ?

Il arrive dans la cuisine. Madeline est assise, penchée au-dessus de la table. Elle ne bouge pas. Jérémy ne saurait dire si elle a remarqué qu'il est entré. Il se met en retrait et l'observe. Mentalement, il écarte ses longs cheveux, redessine la pointe de son nez et donne à ses joues un peu plus de rondeur. Il aperçoit leur mère, le court laps de temps où il retient sa respiration pour que plus rien ne bouge. Il se souvient de ces repas de famille, ces anniversaires entre cousins, ces vacances avec les amis de leurs parents, toutes ces fois où on répétait à Madeline qu'elle était le portrait craché de leur mère. Ils rigolaient bêtement, comme si c'était un mal, juste pour l'agacer, ils n'avaient rien compris.

Jérémy ne cligne plus des yeux, il essaie de figer l'image dans son esprit le plus longtemps possible. Il a peur qu'en fermant les paupières et en les rouvrant une fraction de seconde plus tard, sa mère disparaisse à nouveau et qu'il ne reste plus que le visage défait de sa sœur, flottant au-dessus de son peignoir jaune pâle. Un léger engourdissement précède les larmes qui lui montent aux yeux. Il baisse la tête.

Devant Madeline, des emballages jetés en vrac sur la table laissent deviner une tentative de petit-déjeuner. Une morsure dans une brioche aux pépites de chocolat. Une brique de jus d'orange à côté d'un verre vide. Pas de bols de chocolat chaud dans lesquels tremper leurs rires, pas de tartines de confiture gourmande pour donner aux premières heures du matin un bon goût de fraise ou d'abricot. Il s'agit juste d'alimenter la machine corporelle. Depuis le départ de leur mère, leurs corps ne sont plus que des habitacles, plus rien ne se distingue dans leurs échanges que du manque et de l'absence. Ils se repoussent, s'évitent. L'appartement n'a jamais semblé aussi grand, impossible à parcourir. Comment avancer, comment tenir bon ? À chaque pas l'un vers l'autre, une nouvelle distance se crée qui vient compliquer la donne.

Madeline serre dans son poing l'emballage en plastique de sa brioche qu'elle a à peine touchée. Puis elle gratte du bout de l'ongle un morceau de chocolat écrasé sur le bois de la table. L'esprit peine à se rassasier. Madeline l'abreuve de petites actions. Distances millimétriques qui lui permettent d'avancer. Demeurer mobile, dans l'épuisement toujours. Quelques secondes de flottement, et déjà les pensées mordent, griffent, elles bousculent et malmènent. Alors Madeline ne s'arrête plus. Depuis trois jours elle déploie une énergie que Jérémy ne lui connaissait pas. Ménage, vaisselle, poussière, lessive, rangement. Comme si elle espérait ne plus avoir la force d'autre chose. Madeline a peur de s'arrêter, même un bref instant, dans la ligne de mire des souvenirs.

C'est la première fois que Jérémy la voie assise depuis mardi. Sans bruit, il tape un autre message à sa mère : « *Tu vois, Madeline se sent mal et c'est ta faute. Ta faute !* » Il serre la mâchoire à s'en briser l'émail. Il veut effacer le message. Trop tard, c'est envoyé.

Madeline finit par se lever, mais s'interrompt aussitôt. Elle demeure suspendue, cherchant à agencer de nouveaux objectifs minuscules, précis, pour parvenir à bouger. Ses yeux passent très vite de la table à l'évier, puis son regard balaie le reste de la cuisine. Jérémy comprend qu'elle feint de ne pas l'avoir vu pour ne rien ajouter entre eux de difficile ou de compliqué. Elle tend la main, attrape sa brioche, en prend une nouvelle bouchée. Elle mâche mollement, le regard de nouveau porté sur le vide, mais elle semble rassurée : tous ses efforts s'appliquent à mastiquer lentement. Puis elle attrape un chiffon et frotte la surface de la table, encore. Elle débarrasse les affaires qu'elle vient seulement de disposer devant elle, pour les remettre sans doute sur la table dans quelques minutes. Madeline est cassée. Madeline bute. Elle est un disque rayé. Si leur mère était là, elle lui caresserait les cheveux, et ça drainerait la peine, la douleur et le reste. Jérémy aimerait lui dire un bon mot, une bonne parole. Ne lui vient qu'un long et pénible hurlement qu'il garde pour lui.

Il tourne la tête. Des sons se pulvérisent contre la porte du salon. Il imagine que son père est resté là, cette nuit encore, à s'abrutir devant la télévision. Quand il ouvre la porte, les bruits frappent ses joues comme si quelqu'un les lui lançait au visage. Son père est dans le grand fauteuil, il a mis le volume du home cinéma à fond. Les bruits que crachent les enceintes remplissent tous les blancs, comme le ciment qu'on laisse couler pour obliger la matière à se lier. C'est sûr, sans ce brouhaha pour le suspendre en l'air, le père ne serait qu'un amas de fracas qui s'écroulerait sur le sol, alors il reste là, accroché à l'écran, sans dormir, sans bouger. Cris de supporters. Détonation d'une arme. Jingle de talk-show suivi de rires tonitruants. Il cligne des yeux nerveusement chaque fois qu'il change de chaîne, comme si un millième de seconde de silence pouvait faire la bascule. Les sons saturent l'espace qui l'entoure. Il se tient là. Il n'existe plus le moindre espace où la peine pourrait se loger. Le père est un bruit, un vacarme, un bloc.

Et quand il finit par tourner la tête vers Jérémy, c'est pour hurler plus fort encore :

— Bordel, va t'habiller !

Jérémy a le temps de voir sur son visage le sillage brillant laissé par les larmes. Et il a beau chercher loin dans ses souvenirs, il ne croit pas avoir déjà surpris son père dans cet état. Il se recule, marche d'une traite jusqu'à sa chambre, claque la porte, se jette sur son lit. Et il pleure, pleure sans parvenir à reprendre son souffle.

Il ne veut pas que leurs vies ressemblent à ça, que sa famille reste là, interrompue, éteinte. Comment donner un sens à tout ça ? Jérémy déteste ce qu'il ressent. Il faut faire quelque chose de ce qui leur arrive. Il faut que quelque chose se passe ; autre chose. La vie doit revenir. Il écrit un nouveau SMS à sa mère, ses doigts tremblent.

Il sait qu'elle ne lit pas ses messages.

Sa mère est morte.

C'est aujourd'hui l'enterrement.

*

Ils sont rentrés à la maison. Une journée sans fin dont la fatigue a poli les contours. Odile est sous terre à présent, et le cœur de Jérémy y repose avec elle. Il pilote un corps dans lequel plus rien ne bat et où ne résonne qu'une cacophonie, un déluge contradictoire : à la fois de ses luttes et de l'abandon nécessaire. Il ressent tout trop fort, alors en vrai il ne ressent plus rien. Il ne reste des émotions que ce qu'elles ont de plus pesant, leur tension à l'extrême et leur incapacité à se formuler autrement qu'en craquant. Ne vient qu'une grammaire faite d'interruptions et de silences, où le vocabulaire n'est qu'une série de vociférations. Des cris qui ne sont dirigés vers personne, qui ne le relient à aucun moment précis de la journée, juste à cet endroit de lui d'où quelque chose parvient encore à se dresser : la douleur la plus solide qu'il ait jamais portée, la seule émotion qui ne cède pas.

Il ne fait que ça, crier. Des gémissements les plus inaudibles aux beuglements inutiles. Des excroissances qui cherchent à agripper le monde, le griffer, le frapper. Lui rendre les coups. Allongé sur son lit, Jérémy enfonce son visage dans l'oreiller. Il hurle de toutes ses forces avant de reprendre une profonde inspiration, jusqu'à ce que ses poumons reçoivent en plein tout ce vide. Puis il hurle à nouveau pour le recracher encore et encore. Le cri est devenu le seul langage possible, la seule façon de s'adresser à ce qui l'entoure. La seule matière encore dure dont il est fait, cette douleur enfoncée en travers de lui. Tout le reste, des larmes, de la bave. Jérémy est devenu aussi liquide que la vague qui a tout emporté sur son passage, prête à le fracasser contre le peu qu'il a connu et qui a pu rester en place.

Jérémy regarde autour de lui, ces murs recouverts d'affiches et de posters de sa chambre d'ado qui dégueulent d'un cynisme glacial, où les chansons parlent d'amour et où les héros de films gagnent toujours. Ces phrases à la con, notées au feutre sur des post-it, qui sont là pour rappeler à quel point la vie est belle et pleine de sens, que ce qui ne nous tue pas et tout et tout. Mais ce n'est plus lui cette musique, ce cinéma, ce n'est plus lui ce décor en carton-pâte, cette comédie ridicule. Il est tombé de la photo. Il se tient là, plus mort que fort, à l'intérieur. Il n'a plus rien d'heureux à punaiser que cette tristesse dont il voudrait retapisser l'univers.

Il arrache les posters à portée de main. Ce bruit de déchirure, Jérémy voudrait qu'il dure, qu'il ne s'arrête jamais. Il s'y prend à deux fois, laisse tomber au sol des lambeaux de visages. Puis il s'agenouille sur la moquette pour continuer d'arracher leurs yeux, leurs bouches, en une dizaine de petits morceaux impossibles à recoller. Des confettis de peine.

Une accumulation de pensées froides et sans vie lui avait permis de mettre de l'ordre dans ses affaires. Son père voulait que tout soit propre pour accueillir la famille et les amis après l'enterrement. Il a dit « fais ça pour ta mère », comme si elle ne le quittait pas des yeux et qu'il devait s'efforcer de la rendre fière. Mais pourquoi ? Jérémy s'est enfermé. Il n'a laissé personne entrer dans sa chambre. Tout est resté immobile, figé. Et seul dans son univers, il ne reconnaît plus rien. C'est quelqu'un d'autre qui habitait là, son monde à lui est un chaos, il est une blessure. Il doit l'infliger à ce monde, la douleur qu'il porte en lui.

Il renverse par terre la pile de CD et il frappe avec son poing les boîtiers de plastique pour les briser. La peau de ses phalanges s'écorche, il continue. La corbeille sous son bureau roule au sol. Et quand il se relève, il fait voler d'un revers de main les figurines qui trônent sur ses étagères. Les cris sont devenus ses bras, la colère pulse dans chacune de ses veines.

Dans le salon, son père et Madeline restent voûtés l'un près de l'autre depuis qu'ils sont rentrés de l'enterrement. Ils demeurent immobiles, sans parler. Juste en se tenant la main. On voit qu'ils sont tout l'un pour l'autre, désormais. Jérémy n'est pas rentré avec eux. Il était assis dans la voiture de sa tante. À l'arrière. Ses cousins s'inquiétaient de ce qu'ils allaient manger. Aucun d'eux ne se disputait de morceaux de lui. Toutes ces présences inutiles.

Et Jean-Marc et Madeline, en retrait, à l'écart. Leurs cris à eux capables de dialogue. Jérémy ne comprend pas pourquoi il est extérieur à cela.

Même allongé, immobile, un gouffre se déplace sous les pas de Jérémy, une chute qui n'en finirait pas. Son esprit lancé à cent à l'heure dans le grand tout. Et rien ne le rattrape. Juste les éclats de leurs vies pour taillader ses pensées, la chair mentale à vif. Les souvenirs heureux retournés contre lui, comme s'il eût été préférable de ne se remplir de rien, juste se préparer au pire. Parce que, quoi qu'il arrive, on perd la partie. Pas de lot de consolation.

Tout ce temps près de sa mère, à l'aimer, à courir vers elle, à la célébrer, il n'avait fait que bâtir ce manque qu'il ressent à présent, le seul endroit possible à habiter. Il voudrait que tout cela s'arrête, cette peine immense, ces sensations de chaud et de froid, de joie et de peine, court-circuit permanent. Il voudrait ne jamais être né, à quoi ça sert si c'est pour ressentir ça. Toute cette douleur, et ce monde trop petit pour la contenir, plus de contours à ça, plus de refuge, plus de lui.

Jérémy enfonce à nouveau son visage dans l'oreiller, et il crie plus fort. La voix finit par se casser, les sanglots submergent chaque particule de lui. Derrière la marée ce point d'impact, une lésion, une fragilité si bien placée qu'un seul coup, précis et net, pourrait stopper le peu de flux vital qui s'écoule encore. Sa mère est morte. Quelque chose d'irrémédiable s'est produit. Ce moment qu'on redoute sans le savoir, quand le destin est déjà joué et qu'on n'y peut plus rien.

Il y a une semaine à peine, il était en Sologne, avec sa classe. Et il fanfaronnait en caleçon devant la grande cheminée du gîte. Il ne prenait jamais rien au sérieux. Pour les copains, Jérémy était toujours le déconneur. Son humour était une barrière redoutable pour tenir à distance les difficultés de l'adolescence. Alors, comme à son habitude, quand le surveillant s'était approché doucement, Jérémy et ses potes avaient continué à se foutre de lui en rigolant fort. Le surveillant n'avait pas protesté. En temps normal, il leur aurait fait la morale, aurait fait l'adulte, et ça aurait suffi à replacer tout le monde au bon endroit de la scène. Mais il avait posé la main sur l'épaule de Jérémy, avec un air grave, en lui disant qu'il y avait un appel pour lui. Il avait précisé « Ta mère… », sans terminer sa phrase. Alors naturellement Jérémy avait pensé que c'était elle qui l'appelait, sans trouver ça bizarre, juste gênant. Ses potes s'étaient marrés, « Ta reum veut savoir si t'as pissé au lit ? », « Bah Jérémy, t'as oublié ton doudou ? ». Il avait ri, lui aussi. Il avait lancé qu'elle lui cassait les couilles, qu'elle pouvait pas se passer de lui une semaine. Le surveillant l'avait pressé d'aller prendre l'appel. Jérémy s'était calé sur un tempo étrange, un peu trop sérieux à son goût. Il s'était rendu dans le bureau, à l'étage. Sa prof principale s'y tenait, en robe de chambre, les cheveux détachés, le combiné à la main. Quelque chose dans l'air, comme si l'oxygène s'était saturé d'un truc pesant, difficile à respirer. Elle lui avait tendu le combiné.

La voix de Madeline. Pas celle de son père, celle de sa sœur. Les mots sont sucrés, la voix presque trop douce. Elle lui lâche : « Il faut que tu rentres, quelque chose est arrivé à maman. » Jérémy garde le téléphone près de son oreille, sans répondre. Puis elle pleure. Il sait, à ce moment-là, que leur mère est morte. Il n'est plus rien qu'un foutu puzzle humain sans logique aucune. Même les phrases qu'il essaie de formuler n'ont plus de début ni de fin. Il ne demande pas comment va leur père. Peut-être qu'il est mort lui aussi. Mais Jérémy n'y pense pas. Sa mère est morte. Comment emboîter quoi que ce soit après cette nouvelle ? Sa prof, cette vieille conne de Mme Favario qui le saque tout le temps, passe un bras par-dessus son épaule. Jérémy sent ses seins sous le tissu rêche de son peignoir. Il se dégage immédiatement, un réflexe qui le fait revenir à lui. Madeline continue à parler, elle lui demande si ça va, s'il a bien compris, Jérémy ne sait pas quoi répondre. Les mots qui parviennent à son oreille n'ont pas de sens. Comment comprendre que l'on peut mourir en un claquement de doigt, à cet âge où la vie n'a pas de fin, pas le moindre obstacle à sa course.

Il avait continué à garder le téléphone contre son oreille, quelques minutes après qu'elle avait raccroché. Il avait compris qu'au moment où il reposerait le combiné sur le bureau, la situation irait très vite. Qu'on l'accompagnerait à sa chambre, qu'on l'aiderait à faire son sac, qu'il faudrait qu'il parte, affronte les regards, les questions. Et ce long trajet retour, seul. Combien d'heures ça avait pris pour venir ici ? Il était quelle heure, là ? Il n'avait jamais pris le train tout seul, est-ce qu'il saurait se débrouiller ? Déjà un pan de lui était resté en arrière, dans des considérations débiles, refusant d'avancer vers les vraies vérités : oui sa mère était morte, oui sa vie allait changer, quelque chose allait se réveiller, dans le cœur, dans le ventre, dans la tête, une onde de choc impossible à contenir, supporter. Il savait. Il savait que la mort était irrémédiable, et que la douleur emporterait tout.

Il avait fini par éloigner le combiné de son oreille, il l'avait fixé quelques secondes. Puis Mme Favario s'était à nouveau approchée pour le prévenir qu'un taxi était déjà en chemin pour son départ, qu'elle allait l'accompagner. Qu'il devait réunir ses affaires, que la voiture les attendrait devant la porte dans une dizaine de minutes, qu'il pouvait prendre le temps nécessaire, le moment dont il avait besoin. Mais quoi ? Des secondes ? Des heures ? Des siècles ? Elle croyait quoi, cette conne ? Il était sorti dans le couloir, les élèves s'étaient regroupés. La totalité des regards sur lui. Quelqu'un leur avait dit. Ou alors Jérémy avait hurlé, sans s'en rendre compte. Est-ce qu'il fallait pleurer ? Rien n'était venu que cet effondrement lent, progressif.

Personne ne parle. Jérémy se racle la gorge pour ramener la vague au fond de lui, il marche d'un pas tranquille vers le fond du dortoir. Quand son pote Samuel lui attrape le bras au passage, Jérémy le dégage sèchement. Samuel s'approche, l'air si triste que Jérémy le pousse plus fort encore contre le mur. Pas ça. Pas là. Pas son pote. Pas si vite. Sa peine dégueule de tous leurs regards, de leurs bouches grimaçantes, de leurs silences. Le monde le regarde dans les yeux, de la seule façon dont il aurait dû le regarder depuis le début : sans mentir, sans rien lui promettre. Samuel murmure « On est désolés, mec… », et Jérémy le frappe. Comme si, en concentrant sa peine dans son poing, il pouvait fendre en deux le miroir qu'ils sont tous devenus face à lui et qui lui renvoie ce reflet brisé des pieds jusqu'au sommet de son crâne. Quelque chose se fracture sous ses phalanges. Quelque chose qui ne pourra plus jamais se réparer. Le nez de Samuel et beaucoup de sa vie à lui. Il n'a plus d'amis, il n'a plus personne. Ce chemin, devant lui, il faut l'emprunter seul. Aucun de ses camarades ne réagit, tous sont abasourdis. Ils n'avaient rien d'invincible. Ils n'étaient pas les rois du monde. Jérémy est le premier de la bande à y voir enfin clair : tout de cette vie va les dévorer.

CAMILLE

Dans la cour de récréation, telles des balles, les cris se plantent en travers des pensées de Camille. Des boucles sonores dont elle peine à s'extraire. Alors, comme ses camarades, elle se fond dedans, crie à son tour, court et tente d'exister dans cette vague qui pourrait l'avaler et ne la recracher qu'en fin d'après-midi. Elle se débat, constamment. Déjà, si jeune, c'est sa façon de vivre.

Camille a des copines avec qui jouer, mais tandis qu'elles parlent de leurs bracelets brillants et des danses apprises la veille, sa curiosité s'accroche sur les détails alentour. Elle est sur un qui-vive permanent qui l'épuise quand elle reste trop longtemps au contact des autres enfants. Comme à la maison, cette même attention continue qu'elle porte à sa mère. Autour d'elle, des ricochets de joie, de colère, d'impatience, d'envie, cognent et délimitent le quotidien de cette cour immense où de jeunes vies fragiles se heurtent à pleine vitesse. Camille est en CE1. À cet âge où les journées ne devraient être que des rires innocents et des leçons de poésie, elle sait déjà tout de l'énergie vaine qu'il faut déployer pour que le lien tienne à peu près entre les autres et elle. Elle est la bonne copine, celle qui se déforme à chaque fois pour que les choses fonctionnent, vigilante à ce qui s'affaisse et qu'il faut retenir contre soi. Voilà ce qu'elle a appris : plutôt que craindre, s'accommoder, plutôt que s'effondrer, se tordre. Il n'y a pas de falaise chez Camille, seulement de grands champs de douceur. À la maison, Patricia ne lui laisse pas d'autre choix que d'habiter ces endroits intérieurs. Camille doit s'adapter. Aux sautes d'humeur, aux changements, aux nouveaux petits copains, au frigo vide. Elle ne se plaint jamais. Elle répète : « C'est pas grave. » Rien n'est grave pour Camille. Pour rien au monde elle ne voudrait d'une autre vie, ni d'une autre maman que celle qu'elle a et qu'elle doit sans cesse réparer.

Dans un coin de la cour, un groupe de garçons de CM2. Camille ne les quitte pas des yeux. Quand sa copine Aurélie lui parle, Camille n'est plus tout à fait là. Elle les observe s'agiter, la chorégraphie de leurs bras, de leurs jambes, ces impulsions nerveuses qui se répondent. Elle sait que quelque chose va se passer d'un instant à l'autre. Quelque chose qui ne sera pas chouette. Elle a appris à ressentir ça : ce moment de bascule sur le point d'arriver. À la maison, elle sait quand sa mère va se mettre à pleurer, elle a de l'entraînement : Patricia pleure quasiment tous les soirs pour un oui ou pour un non. À force, Camille est capable de sentir l'air se déformer avant que ça n'arrive. Cette onde qui rend le décor un peu moins solide, un peu plus effrayant. Elle sait quand la seconde d'avant s'apprête à buter sur la celle d'après et que l'instant s'enraie. Chaque fois, c'est comme si son cœur se mettait à battre plus vite, mais dans sa tête de petite fille ce n'est pas de la peur, c'est de l'amour plus fort, qu'il faut s'empresser de répandre et d'étaler. Elle est ce genre d'enfant qui s'épuise à ce que rien d'inévitable ne puisse arriver.

Alors là aussi, c'est plus fort qu'elle, avant même un mouvement perceptible elle est déjà debout, à courir en direction du groupe. Quand l'un des garçons tombe au sol, poussé par les quatre autres, les jambes du corps minuscule de Camille sont déjà fermement plantées dans le goudron pour faire barrage entre eux et lui. Les garçons la dévisagent, l'air de ne pas comprendre ce qu'ils ont en face d'eux, une gamine cinglée, une super-héroïne, un peu des deux peut-être. Aussi fragile qu'elle soit, Camille ne recule pas face aux mots qui cherchent immédiatement à perforer sa peau. Elle en connaît des pires. L'autre jour, un ancien amoureux de sa mère a écrit des insultes au feutre sur la jolie porte bleue de leur appartement. Elles sont tombées dessus en rentrant des courses. Pendant que sa mère pleurait dans sa chambre, Camille a rempli une bassine d'eau chaude avec un peu de liquide vaisselle, puis, debout sur une chaise, elle a frotté les inscriptions avec une grosse éponge jusqu'à ne plus sentir ses doigts. On efface tout, même ces crachats-là. Un des garçons la traite de conne et quoi ? Elle reste immobile. Elle fronce les sourcils, serre les poings. Elle sait qu'elle est un bouclier et que rien ne peut la blesser. *Hé, la pute, casse-toi !* Les mots sont trop gros pour des bouches si petites. Faut voir comme sa seule présence fend la carapace molle de ces quatre jeunes garçons et ce qui se déverse sur elle de connerie et de cruauté. Mais Camille ne recule pas quand le groupe s'avance vers elle. Sur son écran mental, des sensations éclatent tels des grains de maïs sur une poêle brûlante : la porte bleue et les insultes, les disputes qu'elle entend chaque nuit derrière la cloison de sa chambre, toutes les fois où elle a caressé les cheveux de sa mère pour lui demander de ne plus pleurer, ces moments où elle a refusé d'être triste jusqu'à se mordre au sang l'intérieur des joues. Chaque fois le même exercice : apprendre à passer au travers. À travers l'épaisseur inutile, la couche superflue, la chair morte des choses. Camille ne pense toujours qu'à l'essentiel. Là où se trouvent les sourires de sa mère. La lumière qu'elle y devine.

L'éclat. Les étincelles. Elle les déniche en chacun, elle sait les reconnaître. Elle porte en elle cet optimisme naïf et tendre que rien ne peut abîmer mais que tout s'efforce de frapper continuellement en plein ventre.

Elle n'a que sept ans, pourtant, dans sa tête, tout est solide, incassable, elle est déterminée. Elle les tranchera en deux s'ils s'approchent trop près. Elle s'est interposée sans réfléchir quand elle a compris que le garçon allait tomber, que les autres étaient en train de s'en prendre à lui. Elle n'a pas regardé combien ils étaient, ni quelle taille ils mesuraient, elle n'a pas pensé à tout ce qui risquait de se passer si elle faisait ou disait quelque chose qui ne leur plairait pas. Elle s'est juste intercalée pour absorber le choc. C'est ce qu'on a demandé à Camille depuis qu'elle est née : être un écran de douceur pour rendre la douleur acceptable. Et ça, elle a toujours su le faire, aussi gamine qu'elle ait été, réparer les vivants et leur solitude avec cette lumière en elle.

L'un des garçons s'avance pour se tenir à quelques centimètres d'elle. Ce duel stupide du fort contre le faible. Camille ne détourne pas le regard, elle ne baisse pas la tête. Elle est de ce côté du monde. Parmi ceux qui font obstacle, qui refusent, qui résistent. Elle a compris ce qu'il faut protéger : le tendre, le cassant. Elle aimerait que ça suffise, le vouloir si fort. Elle ne sait pas pourquoi elle pense autant à sa mère à ce moment précis. Ce qu'elle protège à cet instant, c'est ce que l'avenir doit refléter pour elle : une promesse tranquille. L'idée nécessaire que tout ira bien. Ce garçon, elle ne le connaît pas. Mais si elle peut le protéger, alors elle sait que ça ira.

Le garçon dans son dos se relève. Camille continue de faire face au groupe pour lui laisser le temps de partir. Elle demeure là, silencieuse, devant les moqueries et les gloussements. Puis l'air se déforme à nouveau autour d'elle. Elle sent une pression dans son dos. Le garçon qui s'est relevé la pousse de toutes ses forces en riant comme un drôle d'animal. Camille est projetée vers l'avant. Le choc est si violent qu'elle n'a pas le temps de reprendre l'équilibre. Les autres garçons devant elle s'écartent pour la laisser s'écraser contre le sol. Elle sent les aspérités du goudron s'enfoncer dans la peau de ses genoux et de ses paumes. Et tous ils rigolent, la pointent du doigt, s'amusent de la voir se tortiller par terre. Le groupe s'est reformé pour ne plus seulement être un bête panel de victimes et de bourreaux, mais un amas de visages rageux dirigés contre elle. *Tu fais moins la fière, hein ! Mêle-toi de tes affaires !* C'est cette méchanceté absurde que le vide en eux vous assène. Mais quand on a sept ans, c'est l'univers tout entier qui se moque et rigole.

L'un des garçons se met à crier, les autres garçons lui emboîtent le pas :

— Ah mais je te reconnais maintenant ! T'es la fille de la salope !

— Tout le monde connaît ta mère !

— Ouais, mes parents ont parlé d'elle ! T'es sûrement une salope toi aussi !

Ils voudraient qu'elle ait honte, qu'elle ait peur, qu'elle pleure et qu'elle s'enfuie. Mais Camille se relève. Encore une fois, c'est ce qu'elle sait faire de mieux : passer au travers. Des gens. Des mots. Des visages. Des jugements. Des douleurs. Le sang coule le long de son genou. Elle ne part pas, ne pleure pas même si les larmes engluent son champ de vision, elle les retient, les laisse retomber au-dedans, là où personne ne pourra les voir. Elle tient les positions. Ne veut rien céder. Sinon, rien ne restera debout. Comme à son habitude, elle se tord, se déforme encore, pour rentrer dans les formes de ce monde.

Elle a sept ans, elle ne sait pas encore.

Elle ne sait pas que cette vie exigera tout d'elle. De la joie et des pleurs, de la peine et de brefs instants de bonheur. Qu'il faudra tout détruire, pour mieux recommencer. S'apprendre, s'inventer. Que rien ne sera facile. Pas pour les petites filles qui grandissent comme des soleils dans un ciel bien trop bas pour elles.

Elle a sept ans, elle ne sait pas.

Que les promesses ne sont jamais tranquilles, en vérité. Qu'on les arrache de soi pour mieux les oublier.

Qu'on ne répare personne. Et qu'on s'abîme à vouloir essayer. Et si elle le savait, elle s'en foutrait. C'est ce qui rend Camille si peu ordinaire. Et elle aurait raison de ne rien vouloir abandonner de cet intime espoir qui l'emmènera ailleurs, un jour. Un autre ciel plus vaste, qu'elle pourra éclairer.

Elle a sept ans et déjà elle vaut mieux que ce que les autres ont à lui offrir. Tous ces crevards pressés d'abîmer ce qui la rend lumineuse et belle dans l'obscurité.

Elle les fixe dans les yeux, les cinq merdeux. De sa voix frêle et claire, elle sait s'y prendre pour se faire entendre :

— Ouais, et alors ? C'est mieux d'être une salope que d'être une bande de cons.

Elle a sept ans et, pour ne pas plier, elle leur donne un peu de cette colère qu'elle étrangle sous sa peau, chaque nuit.

Ils rigolent. Pour eux ce n'est qu'un jeu. Mais pour Camille, c'est tout de son histoire qui pulse dans ses tempes, qui brûle sur ses joues, qui cogne dans sa tête, tandis que la sonnerie retentit et qu'elle repart en direction de sa classe.

Pour le moment la plaie est rouge et saigne. Au-dedans comme au-dehors. Mais elle va oublier. Une croûte sur son genou, puis après, plus rien.

C'est comme ça que fait Camille, pour vivre elle se répare.

Si petite et si grande à la fois.

JÉRÉMY

Des semaines qu'Odile est sous terre, endormie dans le cimetière. À la maison, la poussière se dépose partout. Sur les étagères, les bibelots. Comme si elle ne cessait de sortir de leurs bouches, des pores de leur peau. Sur chaque surface où Jérémy peut poser son doigt, une infime déformation se crée, raz de marées millimétriques qui se déplacent le long des meubles. On dirait que ça fait déjà longtemps qu'ils n'habitent plus ici, ni eux, ni personne. Des cendres microscopiques ont recouvert leurs vies. Les restes des volcans qu'ils ont cru être, un temps.

Jérémy a compris assez vite l'ampleur des dégâts : c'était Odile qui gardait leur famille en vie. Pas au sens d'un filet d'oxygène sifflant dans les poumons, mais d'un organe à part entière dont chacun constituait un bout. Sans elle, plus rien du quotidien ne fonctionnait. Le moteur de la famille est noyé. Les larmes l'ont inondé.

Jérémy est assis à la table de la cuisine, devant un paquet de biscuits au chocolat. Son repas. Depuis des semaines, il dîne seul. Madeline passe ses journées dehors avec ses potes du lycée, sans jamais préciser à quelle heure elle rentrera. Leur mère n'aurait pas aimé. Le père n'en pense rien. Il reste là, dans le fauteuil du salon. Il ne quitte plus l'appartement. On dirait qu'il a peur que tout s'effondre en son absence, même pour une minute d'inattention. Il garde les yeux ouverts, perdus dans le vague, peut-être qu'il cherche au fond de lui de vraies raisons de croire qu'Odile ne reviendra pas, qu'elle ne franchira plus cette porte en chantonnant « Je suis rentrée ! » et en faisant claquer son trousseau de clés sur la console du couloir. Le seul moment depuis l'accident où Jérémy a aperçu son père fermer les yeux, c'était à l'enterrement, devant le cercueil. Il ne voulait pas voir.

Jérémy est allé au salon tout à l'heure. Son père lui a dit de ne pas se planter là bêtement, d'aller se préparer quelque chose à manger. Le père veut que Jérémy remplisse ce vide au-dedans de lui, qu'il enterre ses pensées sous de vagues sensations. Mais le frigo et les placards sont vides, eux aussi. Les murs de l'appartement ne sont plus que de vastes clôtures pour contenir la peine et l'empêcher de tout ravager dehors. Sans cloisons, le mental ne s'arrêterait jamais de rouler, rebondir, accélérer pour chercher la collision le long d'avenues interminables et de rues dépeuplées.

On a expliqué à Jérémy que sa mère avait eu un accident. Que sa voiture s'était encastrée dans un arbre. Il n'a pas eu les détails. Si elle roulait trop vite, si un chauffard l'avait poussée à la mauvaise manœuvre… Odile a eu un accident de voiture et elle est morte. Il y a deux mois, elle était là. Ils étaient à la table de la cuisine, tous les quatre. Madeline voulait des sous pour une place de concert. Odile lui avait répondu qu'il était hors de question qu'elle y aille seule. Alors Madeline avait parlé d'un garçon vraiment mignon, et leur mère avait répondu que « Moi vivante, tu ne… » et ils avaient tous éclaté de rire avant qu'elle ne finisse sa phrase : ils en étaient persuadés, leur mère ne mourrait pas, et Madeline n'aurait jamais d'amoureux. Fin de l'histoire.

Il y a deux mois, Odile était vivante. Elle voulait que tout aille bien, prendre soin de ses enfants. Leur famille était debout.

Depuis, leur chagrin ne cesse de grandir, tels des astres dont la mort s'étire à l'infini à travers l'espace pour le défigurer. C'est la naissance de solitudes plus insatiables encore que la mort, parce qu'elles dévorent tout de ce qui a été et de ce qui sera. Et un jour probablement qu'elles se dévoreront entre elles, à force d'avoir épuisé les ressources et les échos possibles. Les gens répètent à Jérémy que ça passera avec le temps, mais il n'est pas dupe, il sait qu'on parle de peine à perpétuité.

Les biscuits sont dégueulasses, ramollis. Il ne sait pas depuis combien de jours ce paquet traînait là, posé sur le micro-ondes. Il replie ses bras pour faire barrage contre le froid. Il se lève. Inutile de débarrasser quoi que ce soit, c'est le bordel partout, c'est crade, et tout le monde s'en fout.

Jérémy passe devant l'entrée du salon.

— Papa, je vais me coucher.

— Oui. D'accord. À demain.

Sauf qu'il n'est pas encore 20 heures et que Jérémy aimerait parler, lui confier que ça ne va pas, qu'il a mal et que sa mère lui manque. Jérémy hésite, dans l'encadrement de la porte, sans rien enclencher. Il répète : « À demain. » Son père ne veut pas aborder ces sujets, ni la mort d'Odile, ni la douleur qu'elle a laissée en eux. Il ne se rend pas compte qu'il cause des dégâts. C'est comme ça qu'on casse les gens, pas en les arrachant aux choses, mais en arrachant les choses en eux. Les circuits internes qui font fonctionner la machine, ces rouages délicats façonnés à chaque étreinte, à chaque souffle, à chaque moment partagé. Il suffit de les retirer, pour que tout s'arrête.

Cette douleur-là, elle est nécessaire, mais Jean-Marc a plongé la main à l'intérieur de Jérémy, au-delà de sa cage thoracique et des peurs. Il a voulu que tout cela cesse d'exister en lui, pour son bien sans doute, qu'il ne souffre pas. Mais depuis, plus aucun espoir ne renaît. Jérémy ne fait plus partie de rien, puisque plus rien ne vit en lui. Ni les pleurs qu'ils auraient à partager, ni le souvenir des rires qu'il faudrait reconstruire.

Jérémy passe devant la porte de la chambre de Madeline. Elle est toujours dehors, il ne sait pas où, avec on ne sait pas qui. Au pied de son lit, un sac de sport rempli d'affaires, comme si elle avait prévu de se tirer dans les prochaines heures. Est-ce qu'il y a une place pour Jérémy à l'intérieur ? ou est-ce qu'elle aussi va s'arracher de lui ?

CAMILLE

Trois fois que Camille regarde sa montre. Elles ne devaient pas veiller aussi tard. Soirée chez des amis. Sa mère lui avait promis : juste un tour, dire bonjour et rigoler. Or ça fait déjà quatre heures qu'elles sont là, et Patricia continue de danser. Il y a un moment qu'elle ne tourne plus la tête vers Camille, lassée de la voir gesticuler pour lui demander de rentrer. Bien sûr, Camille pourrait danser aussi, rire, s'amuser. Elle sait faire, à quinze ans. Mais sa mère a bu plusieurs verres et Camille veille, comme si ne pas la quitter des yeux l'empêchera de trébucher ou de tomber. C'est sa façon de prendre soin de sa mère, se tenir là sur le côté, s'effacer tout en gardant le phare.

Patricia tangue dans un lent naufrage, lascive contre des peaux qui veulent la recouvrir, couvertures saoules et malfaisantes. Et tous ils la submergent, ces vieux types, de cette mauvaise attention que Patricia recrachera ensuite par larmes quand elles seront rentrées. Camille élabore des scénarios, répète les phrases qu'elle devrait balancer à sa mère après avoir fendu la petite foule : *Bon maintenant ça suffit, maman, t'as assez bu ! Il est tard, demain je dois me lever pour aller au lycée. Allez, dis au revoir, c'est fini.* Juste pour la ramener avec elle, l'éloigner. Ça ne lui semble même pas étrange, d'être celle des deux qui a peur pour l'autre, s'inquiète et voudrait la raisonner. Difficile de savoir qui est la mère de qui tellement tout se mélange entre elles.

Camille sait qu'elle devrait s'écouter, aller récupérer leurs vestes dans le tas de vêtements étalés sur le lit de la chambre, attraper la main de sa mère, ne pas lui laisser le choix que de lancer des au revoir. Ça fait plusieurs fois qu'elle avance en direction du couloir, puis recule et se laisse retomber contre le mur. Cette hésitation abrite encore un peu de l'enfance de Camille. Elle sait que si elle allait lui parler, Patricia rigolerait aux éclats, dégagerait sa main, lèverait les bras en l'air pour que tout le monde la voie, et feindrait de basculer en arrière pour se laisser rattraper par le premier venu. Ce serait presque un jeu, clamer à qui voudrait l'entendre qu'elle sait très bien se gérer toute seule, qu'elle contrôle la situation, que c'est elle la mère.

Camille s'appuie contre le mur, c'est la seule chose qu'elle peut faire en attendant que Patricia se lasse ou que plus personne ne lui prête attention et qu'elle décide de partir. Camille ne la perd pas de vue. C'est de la pensée magique, croire qu'à cette distance elle peut parvenir à infuser dans l'esprit de sa mère un peu de raison, si elle le veut vraiment. Mais Patricia se noie dans les corps et rien n'est un refuge. Camille le voit à des sursauts minuscules et tristes. On percute vite ces détails quand c'est sa propre mère qui se donne en spectacle, ce qui l'éteint, ce qui l'abîme et l'interrompt, quand elle n'est pour les autres qu'explosions de voix et sourires pleins de dents. Patricia prend une nouvelle gorgée dans ce verre qu'on lui a servi et dont elle ignore le contenu. Elle lâche un rire démesuré pour imprégner le décor. Et au milieu de ce balancement qui part de la tête et descend jusqu'à ses hanches, ses yeux fuyants et ses longues mèches blondes derrière lesquelles elle dissimule son visage la trahissent subtilement. Personne d'autre que Camille ne voit cette Patricia fatiguée de faire semblant et de paraître, tout ce vernis qu'elle applique sur ce masque fendu qu'elle ne quitte plus dès qu'une autre personne que sa fille est dans la pièce. Cette solitude qui voudrait éclabousser le monde.

À la maison, Patricia est joyeuse quand elle ne parle pas des hommes. Camille et elle rigolent de tout et s'endorment l'une contre l'autre en discutant des heures devant la télévision. Mais le désir la transforme, celui qu'on lui témoigne, il réveille un appétit qui la rend consistante et donne du sens à son existence. C'est ça, la maladie de sa génération de femmes à qui l'on a appris à n'être qu'une réponse à l'autre. Chaque fois qu'il se retire, ce désir, elle ne tient plus debout, elle s'écroule, comme morte. Patricia est une femme qui a cru fuir les cages, les prisons, sans jamais deviner que les barreaux demeuraient là, plantés en elle. Dans ses refus, elle a tenté de déconstruire ce qu'on lui a appris, sans jamais y parvenir. Elle n'a pas su oublier ces histoires de femmes qui ne tiennent pas debout toutes seules, ces discours ineptes, dépassés, qui l'ont tant fait souffrir car elle s'était convaincue que personne, jamais, ne l'aimerait assez pour rester auprès d'elle. Alors elle a crié. Les mots liberté, indépendance, confiance et bonheur. Coquilles vides, en vérité, comme des incantations pour appeler en elle la force, le courage autant que la résignation. Elle n'a jamais réussi à les arracher sous sa peau, ces fables puériles qu'on a glissé dans ses oreilles, dans sa bouche, dans ses yeux, dans son cœur, jusqu'à la remplir, l'obturer, saturer son avenir. Au fond d'elle, même en vieillissant, Patricia n'a jamais cessé de croire qu'elle n'est pas capable, seule, d'être entière et vivante. C'est la brèche par laquelle s'engouffre la misère. Son amour pour Camille n'est pas assez puissant pour réparer la coque, mais lui permet de se maintenir entre deux eaux. Se sentir libre, de sa vie, de ses choix, elle veut que Camille y parvienne. Elle veut être ce modèle. Alors elle ne cesse de se désintégrer dans les contradictions. Rien ne peut plus se construire sur les sables mouvants qui ont recouvert ses plages.

Camille les a toujours détestés, les hommes de passage, les copains. Ces types qui arrivent chez elles avec leur sac rempli de fringues qu'ils étalent partout. Ces caricatures pleines de mauvaises manières, dont la vie n'exige que de se tenir là bêtement. Elle voudrait qu'un seul d'entre eux aime réellement sa mère… Juste de mauvais choix.

Un homme attrape Patricia par la taille et la serre contre lui. Camille sort de ses pensées, comme si les sensations de son propre corps pouvaient suffire à parer le choc. Elle essaie de crier assez fort dans sa tête, que les mots traversent la pièce : *Repousse-le maman, repousse-le ce connard, tu vois bien qu'il est bourré, regarde comme il est dégueulasse en plus, ma jolie maman, repousse-le !* Elle déteste surprendre le regard des hommes sur sa mère, ce regard froid qui tue ce qu'il y a de beau chez elle. Camille espère encore que Patricia tourne enfin la tête vers elle, la voie, la rejoigne. Mais les corps se resserrent et sa mère disparaît dans la vague. Les fenêtres ouvertes de l'appartement laissent circuler un air frais que personne ne semble ressentir. Il fait froid autour de ces peaux qui se mélangent mais elles abritent un feu.

Camille jette un œil autour d'elle, les jeunes de son âge sont partis dans une chambre pour discuter. Elle est seule près de l'entrée et des invités la dévisagent comme s'ils ne comprenaient pas ce qu'elle peut bien foutre ici. Elle laisse tournoyer dans son verre le fond d'alcool qui dilue son Coca. Est-ce que c'est ça la suite ? Est-ce que ça va se passer comme ça ?

Quand elle répète les mêmes mots que sa mère, Camille y croit vraiment, elle. À cette liberté. Elle se prépare à cette fuite vers quelque chose de plus grand. Mais chaque fois la peur la rattrape. Dans chacun de ses souffles, elle sent l'interférence, un léger grésillement. Est-ce que c'est dégueulasse de savoir aussi clairement qu'elle ne veut pas la même vie que sa mère ? Cette quête de rien qui conduit nulle part. Est-ce que c'est mal de se croire trop bien pour ça ? Est-ce qu'au fond cela fait d'elle une mauvaise personne, de celles qui ont jugé Patricia et l'ont abandonnée ?

— Tu danses pas ?

La voix est grave. Mais le visage qu'elle découvre en relevant la tête appartient à un ado. Elle met un moment à associer les deux. Le garçon répète plus lentement :

— Tu danses pas avec les autres ?

Camille est tendue mais quand le garçon lui sourit, elle parvient à répondre :

— Non, j'attends ma mère.

Il s'adosse contre le mur, à côté d'elle. D'un mouvement du menton il désigne le groupe.

— C'est laquelle ?

Camille scrute les cheveux de sa mère dans la marée de crânes. Ne la voit plus. En une fraction de secondes, des milliers d'images traversent son esprit. Elle cherche en direction du couloir, des portes menant aux chambres, avant d'envisager à nouveau le décor autour d'elle.

— Elle est par là, mais... Excuse-moi, t'es qui ?

— Justin. Je suis le fils de Philippe et Marianne, c'est eux qui organisent la fête.

— Ah, c'est chez toi ici ?

— Ouais.

Il se gratte la tête en désignant le bazar dans le salon. Les verres, les plateaux, les cendriers.

— Enfin... avant y avait le salon ici, mais peut-être qu'on le retrouvera sous les décombres dans quelques jours... Quand mes parents organisent une fête, faut prévoir ensuite plusieurs semaines de travaux.

Justin est sympa. Camille sourit. Apparemment elle n'est pas la seule à avoir des problèmes pour gérer ses parents.

Il se penche vers elle, le souffle lourd.

— Comment tu t'appelles, toi ?

— Camille.

— Je peux te confier un truc, Camille ?

— Quoi ?

— T'es drôlement jolie.

Elle n'écoute pas, parce qu'à ce moment-là elle aperçoit sa mère qui danse avec le type de tout à l'heure, leurs corps collés-serrés qui accordent leur peau. Et l'homme embrasse sa mère, un baiser gras, animal.

Camille voudrait crier. Avant qu'elle ait le temps de bouger ou de faire quoi que ce soit, Justin dépose un goût de vodka sur ses lèvres en l'embrassant. Elle sent la pointe de sa langue toucher la sienne. Puis le black-out quand elle perçoit la main de Justin qui effleure sa poitrine. La langue et la main de Justin, tandis qu'au loin sa mère s'abandonne dans les bras de ce mec. Elle se voit. Cette vie qu'elle ne veut pas est devant ses yeux et maintenant sur son corps. Elle déteste ça. Une déflagration de colère redémarre la machine.

Camille frappe. Un coup de poing dans les côtes qui oblige Justin à reculer. Et la musique est si forte tout à coup que Camille revient à elle en une fraction de seconde. Justin tombe par terre en serrant les bras autour de son ventre. Personne n'a rien vu, tout le monde danse et saute et boit et fume. Personne n'en a rien à foutre qu'il se tortille sur la moquette, essayant de reprendre son souffle avec une demi-molle dans le caleçon.

Camille ne réfléchit plus. Elle fend la foule, bouscule tout le monde, sent les mains sur son corps, s'arrache des étreintes moites jusqu'à parvenir à sa mère. Elle hurle dans son oreille :

— Maman, on s'en va !

— Ma chérie, détends-toi, profite !

Des larmes coulent le long des joues de Camille.

— Putain, maman, j'ai cours demain ! Merde !

Camille essuie sa bouche. Ce goût de vodka, encore. Elle frotte son visage dans la manche de son sweat. Elle a tenu des heures et maintenant tout lâche. Elle ne retient plus rien. La fatigue autant que l'énervement. Le dégoût, puis l'envie qu'elle a d'être ailleurs, loin d'ici. Si elle ne serrait pas les dents, elle hurlerait sur sa mère, sur ces gens. Sur ce type qui ne retire pas sa main de la hanche de Patricia, alors que Camille est plantée là, à pleurer comme une idiote Alors elle serre davantage la mâchoire, jusqu'à ce qu'un engourdissement détourne de ses sens le goût de la vodka.

— Camille, je te présente François ! C'est un vieux copain, et…

Le type se penche à l'oreille de Patricia, lui murmure quelques mots ; elle se tient serrée contre lui tout en essayant de soutenir le regard de sa fille et de comprendre ce qui se passe. Camille sanglote. Des larmes pour lui dire que là, maintenant, elle a besoin que Patricia soit sa mère, qu'elle fasse ce qu'il faut. François tente d'attirer Patricia contre lui mais elle le repousse poliment. En deux, trois secondes, elle construit autour de Camille un cocon de douceur pour l'entraîner vers la sortie. Elles se retrouvent face à face et déploient ce lien tendre qui les ramène l'une à l'autre.

— Ma chérie, qu'est-ce qui s'est passé ?

— Je veux rentrer, maman, s'il te plaît, je veux qu'on rentre.

Camille n'arrête plus de pleurer chaque fois qu'elle regarde Patricia. De dégoût, de colère.

Patricia n'insiste pas.

— Laisse-moi prendre mon manteau, j'arrive. Je reviens tout de suite.

Et Camille attend dans l'entrée. Justin est assis à quelques mètres et se tient toujours le ventre. Elle évite de lui prêter attention, tandis qu'il parle à son père, l'air de dire c'était juste un baiser, elle est tarée ou quoi.

Elle détourne la tête.

Camille détourne la tête tout le temps. Tous les jours. Tant de choses dans cette vie qu'elle ne voudrait pas voir. Elle détourne la tête parce que, au fond d'elle, elle sait que si elle se concentre sur une autre direction assez longtemps, alors elle pourra continuer d'y croire. Et de l'autre côté, au loin, là où elle regarde, qu'aperçoit-elle ?

Qu'il existe quelque chose de plus profond que sa peine.

La trace d'un grand peut-être.

Un espoir.

JÉRÉMY

Jérémy ferme les yeux. Il mâche lentement chaque seconde, comme si digérer chacune d'entre elles pouvait suffire à en ralentir le cours. Peine perdue. Rien n'étouffe les pensées, ni les vibrations de la voiture, ni ces voix en continu à la radio qui se confondent. Jean-Marc voulait qu'ils se rendent au cimetière. Il a dit que c'était important. Ils le font de la même façon qu'ils iraient voir Odile à l'hôpital, ou dans une autre maison. Ils lancent : « Aujourd'hui, on va voir maman. » Ils partent la chercher là où elle se trouve, toquent à sa porte, lui apportent des fleurs, lui parlent. Odile a juste changé d'adresse, elle habite un coin de terre. Et s'il fallait faire une croix sur une carte pour le retrouver, elle serait à l'endroit exact où on a enterré le cœur de Jérémy. Un morceau de lui y demeure, malgré les mois qui passent. Il est incomplet, un passage s'est creusé dans la matière molle et le relie pour toujours à ce lieu.

Chaque fois qu'il plonge en lui, il se retrouve allongé auprès d'elle. La nuit, quand il est dans son lit, quelque chose le ramène là-bas, dans sa tombe. Il sent le froid, l'humidité, et il a du mal à respirer sous cette tonne de terre qui le recouvre lui aussi. Il allume chaque fois sa lampe de chevet au moment précis où son esprit se tourne vers sa mère. Quand il voit sa peau qui se défait, lentement. Il pleure en espérant qu'elle ne souffre pas, et puis il se martèle encore et encore qu'elle est morte, que tout ça ne compte plus. Il a essayé, les prières, les appels au secours la nuit dans son sommeil, ça n'a pas marché. Odile est morte, elle ne reviendra pas.

Son père l'a réveillé à l'aube. Madeline était déjà habillée quand Jérémy est arrivé dans le salon. Ses bottes en cuir et sa veste cintrée lui donnaient un air plus âgé que d'habitude. Depuis la mort de leur mère, Madeline ne cesse de se transformer, d'une heure à l'autre, par d'infimes détails. Elle change sans arrêt de coiffure, de vêtements, de maquillage. Comme si elle cherchait à semer les souvenirs, comme si rien du passé ne devait retrouver sa trace. Ils lui ont dit de se préparer. Il y avait un petit-déjeuner servi sur la table de la cuisine. Jérémy a compris qu'on attendait juste de lui qu'il fasse au plus vite.

Il ne voulait pas y aller. Il a prétexté mille excuses, a répété que ce serait plus simple que Madeline et son père s'y rendent sans lui. Plus simple oui, plus simple de ne pas avoir à faire semblant d'y trouver un quelconque réconfort, d'avoir besoin de ça. Son père a refusé. Avec cette même voix qui lui faisait baisser les yeux avant. Sauf que Jérémy a insisté, pour le principe, le ton plus haut que le sien, sans que cela soit très naturel de lui tenir tête. *Écoute, papa, c'est mieux comme ça, vraiment.* Mais Jean-Marc a voulu que Jérémy entre dans les détails : qu'est-ce qui serait mieux que d'aller voir sa mère ? Et là sa gorge s'est nouée. Plus rien n'en est sorti.

La voiture roule vers le cimetière, Jérémy ne quitte pas des yeux les rangées d'arbres qui défilent à travers la vitre. Tout continue d'être gris et ça ne le surprend plus depuis le temps. La peine a fusionné avec les paysages. Madeline a mis les écouteurs de son baladeur pour ne plus entendre l'autoradio. Jérémy la voit qui écrit dans un cahier de cours, sans se soucier de ce qui l'entoure. Jean-Marc, lui, ne décroche pas les yeux de la route, les mains crispées sur le volant. Jérémy peut l'observer depuis la banquette arrière. Il a laissé pousser sa barbe, ça fait comme une immense masse noire qui avale les contours de ses lèvres. Même s'il voulait se forcer à sourire, personne n'en saurait rien.

Jérémy ne sait pas si c'est dans son ventre, dans sa tête, ou un mélange des deux suffisamment flou pour que le malaise n'ait plus de limite. S'il s'écoutait, il décrocherait sa ceinture de sécurité, ouvrirait la portière et sauterait de la voiture en marche. Son corps se désintégrerait le long de la route. N'importe quoi plutôt que de laisser ces foutues secondes continuer de s'écouler et le rapprocher du cimetière, avec cette impression de rattraper la peine à plus de cent dix kilomètres heure.

Il écoute son père pousser un long soupir. Jérémy devine qu'ils ne sont plus très loin.

Jean-Marc gare la voiture, il bouscule Madeline sans la regarder, pour lui signifier qu'ils sont arrivés. Elle se tourne vers Jérémy, sans sourire, sans rien dire. Elle n'a pas non plus l'air de vouloir être là, pourtant elle ne proteste pas. Jérémy se demande si elle aussi est désolée qu'ils soient obligés de s'infliger ça.

Le jour s'est enfin levé et l'obscurité du dehors s'est réfugiée en lui. Ils marchent le long du grand mur, à la recherche de l'emplacement T24. C'est l'adresse où Odile vit. Jérémy reste immobile face à la grande allée centrale. Il sait qu'elle est là, quelque part. Rien n'a changé depuis l'enterrement. Toujours les mêmes allées, les mêmes dalles de marbre. Et ce truc oppressant qui vient de tous les côtés, impossible à dévier. Comme si un long soupir avait emprisonné le temps et l'espace, qu'il fallait ici revivre sans cesse les minutes et les heures les plus tristes d'une vie, un concentré du pire.

Jérémy relève à peine la tête en marchant jusqu'à la tombe. Du coin de l'œil, il capte les bribes du lieu. Ces temples de douleur qui soutiennent les trajectoires du monde. Il se devine, telle une ombre butant ici et là, en gardien silencieux du repos de sa mère, perdu à cet endroit où tout s'est arrêté. Sa pensée se plie et casse pour épouser les contours du cimetière et trouver des repères, pour ne pas juste être en flottement, mais fermement ancrée dans le souvenir. Coûte que coûte, faire partie de quelque chose. Sa place à lui, parmi les morts.

Madeline s'appuie debout contre une stèle, en retrait. Jean-Marc s'est agenouillé. Sans un mot, il arrache les mauvaises herbes du bac à fleurs. Jérémy n'avait pas remarqué le petit sac en plastique que son père a apporté avec lui. Il en sort un chiffon blanc et commence à nettoyer le marbre de la pierre tombale. Madeline et Jérémy le laissent faire, ils ne savent pas ce qu'il faut dire, ni comment l'aider. Jérémy cherche une complicité dans le regard de sa sœur, lui faire comprendre qu'ils peuvent partager ça, mais il n'y découvre que de la colère. Toute son énergie est concentrée sur le fait de ne pas verser une larme.

Jérémy repense au jour de l'enterrement. Son père entre Madeline et lui. Ils ne formaient pas un grand tout, à eux trois. Ils se tenaient là sans oser bouger, dans ce qui subsistait de leur famille. Et Madeline avait déjà ce regard. Ce regard qui convoquait la colère autant que la douleur. Jérémy avait vu son père passer le bras par-dessus l'épaule de sa sœur. La serrer contre lui. Et il avait décelé cette même colère dans les yeux de son père. Jérémy s'était soudain senti tel un étranger avec qui on partage le strict nécessaire : des zones entières d'eux lui étaient interdites.

Pendant des mois il n'avait cessé d'imaginer de quoi il s'agissait, ce qui pouvait les rapprocher à ce point. Sa mère avait dû atrocement souffrir, son corps était en bouillie, son visage n'existait plus. Les images claquaient dans son crâne. Et sa douleur l'isolait et l'empêchait de demander, d'être pressant, d'exiger qu'on mette fin à ces chuchotements, ces mystères. Et ensuite ça n'a plus cessé. Il y a eux et lui. Ils murmurent, ils parlent, et quand il est là, près d'eux, ils se dispersent. C'est ainsi depuis de trop nombreux mois. Sauf que, cette colère, Jérémy la ressent lui aussi à présent. Et c'est à eux qu'il en veut.

Jean-Marc baisse la tête et se recueille.

Seul.

Madeline reste sur le côté.

Seule.

Jérémy, lui, n'a qu'une envie : arracher cette dalle, creuser la terre à mains nues, sortir sa mère de cet affreux trou froid. Il serait le héros de l'histoire, celui qui l'aurait ramenée du bon côté… Or ce n'est plus sa mère qui est prisonnière de ces ténèbres. Juste des morceaux d'elle, privés de vie et de lumière. À quoi bon se taire encore ? Et pour protéger quoi ? Il a eu la preuve que l'amour que l'on porte aux autres ne les préserve de rien. La mort contourne toutes les forces vives, tous les élans, toutes les précautions. Il a reçu l'impuissance en plein ventre de la pire manière qui soit. Jérémy est désormais seul, lui aussi, et Madeline et Jean-Marc ne partagent pas leur secret. Pire, ils l'enferment dedans. C'est cela, sa tombe à lui.

— Je veux savoir.

Les mots s'échappent de sa bouche et personne ne semble les entendre. Madeline et Jean-Marc demeurent figés, muets. Alors Jérémy répète :

— Je veux savoir ce qui est arrivé.

Le corps de son père s'affaisse d'un seul coup, et Madeline se met à pleurer presque instantanément. C'est la première fois que Jérémy voit des larmes qui s'abandonnent, pas celles que l'on retient mais celles qui nous échappent et nous ouvrent en deux pour laisser tout voir de l'endroit qui ruisselle. Et il comprend, même s'il a peur d'avoir raison, que ces larmes ne sont pas pour Odile. Qu'elles sont pour lui.

Jean-Marc se retourne, et Jérémy découvre son visage également noyé. Comme si le masque s'était fendu et que des litres de pensées sales n'attendaient que cette brèche pour pouvoir en jaillir. Le corps est une machine impressionnante. Il sent la peur, le danger. Aussitôt, l'afflux sanguin se déplace vers les extrémités du corps, vers les muscles qui permettent de riposter, de fuir. Un engourdissement s'étend vers les zones inutiles. Jérémy peine à soutenir l'attention soudaine de son père, il en a perdu l'habitude, mais il répète un peu trop vite en bégayant, il crie des bouts de phrases, puis finalement hurle à nouveau qu'il veut savoir. Madeline essaie de le prendre dans ses bras, la première fois depuis plus d'un an. Jérémy la rejette de toutes ses forces. Et plus elle s'approche de lui, plus Jérémy sent son corps s'engourdir, le sang battre dans ses tempes.

— Je veux savoir !

Le père se relève. Il enveloppe Madeline de ses bras. Puis ils s'effondrent. Pour la première fois, Jérémy voit quelque chose d'eux s'offrir à lui, leur douleur, enfin prête à l'accueillir.

— Ta mère… Ta mère n'est pas… Ta mère, elle…

Un sanglot sonore empêche le père de terminer sa phrase. À l'intérieur de Jérémy, tout est verrouillé sur les mots de son père. Il perçoit chaque nuance dans son souffle, chaque son derrière le son, chaque lettre que les lèvres articulent. *Maman n'est pas quoi ? Tu veux dire quoi, papa ? Que tu l'aimais ? Que tu voudrais qu'elle soit encore vivante ? Tu crois qu'on en est pas tous là ? À espérer se réveiller et que ce ne soit qu'une énorme blague. Tu veux me parler de sa mort ? Tu m'as jamais rien dit. C'est Madeline la seule à avoir eu ce courage. La voiture, l'arbre, la collision. Et toi, t'étais où quand elle a eu besoin de toi ? Quand j'ai eu besoin de toi ?*

Jean-Marc ne respire plus, la peur de l'aveu cadenasse ses poumons. Une asphyxie lente et sûre. Madeline peine à le soutenir. *Mais quoi ? Dis un truc ! C'est quoi ce bordel ?* Jérémy écarquille les yeux en grand, pour lui faire comprendre qu'il attend, qu'il n'a plus qu'à parler. *Oui, je sais papa, tu voudrais t'excuser, t'aurais voulu être plus présent pour nous, pas nous laisser gérer ça seuls, tu t'en veux, blablabla… Qu'est-ce que tu veux qu'on en fasse, de ta culpabilité ?*

— On ne t'a pas tout dit, Jérémy.

OK. T'étais avec elle dans la voiture ? C'est toi qui conduisais ? C'est toi qui l'as envoyée faire une course ? Tu voulais ton putain de journal sportif et ça pouvait pas attendre ? C'était ta faute, c'est ça ? Ta faute si nos vies ont éclaté.

— L'accident… ce n'était pas vraiment un accident.

Jérémy essaie de comprendre où son père veut en venir mais justement rien ne vient assez vite. Jérémy devance, double, cherche. L'esprit s'écarte vers des sensations secondaires, il se gratte la main, une rougeur qui se déploie. *Pas un accident ?*

Un meurtre alors ? Je capte plus rien, papa, de quoi on est en train de parler ?

— Cette nuit-là, ta mère s'est suicidée. Elle s'est suicidée, Jérémy. C'est ça qu'on t'a caché.

Jérémy crache un rire. Un peu trop spontanément. *Un suicide ? Maman ? Tu rigoles, c'est quoi ces conneries ?* Le père pince les lèvres, puis cache son visage dans ses mains pour laisser éclater un sanglot. Jérémy regarde autour de lui. *Est-ce que… Est-ce que…* C'est lui désormais qui ne parvient plus à reprendre son souffle, à respirer. Ses jambes tremblent, il se retrouve assis par terre, avec ce goût de vomi écœurant dans la bouche. Madeline s'agenouille et le prend dans ses bras, Jérémy relève la tête vers son père, il lui explique :

— C'est n'importe quoi, maman n'aurait jamais fait ça.

Le père se tait. Et à présent la bouche de Jérémy ne cesse de se remplir de mots, sauf qu'aucun ne se place au bon endroit.

Le père répète :

— C'était un suicide, Jérémy. Ta mère s'est suicidée.

Jérémy continue de sourire, tellement c'est absurde. *Merci connard, j'avais compris la première fois. Tu articules très bien, c'est ce que tu dis qui n'est pas possible. Je refuse de croire ça.* Mais même lui, son étonnement, il n'y croit pas. Il a l'impression qu'il le savait déjà. Comme si quelque chose en lui avait attendu de se briser à nouveau. Et il découvre que derrière la douleur, il en existe encore une autre. On peut toujours tomber plus bas.

Jérémy questionne son père du regard, puis il se tourne vers Madeline. Elle fixe sa main, alors Jérémy baisse la tête : il saigne. Des graviers sont enfoncés dans sa paume, il n'a rien senti. Ne ressent plus rien. Il relève la tête vers son père, le presse :

— Un suicide ? Ça n'a pas de sens !

Il énumère des boucliers absurdes : Maman avait survécu à un cancer, elle nous aimait. Elle aurait tout fait pour nous.

Il prend une profonde inspiration : Elle a laissé une lettre ? Un message ? Qu'est-ce qui vous fait croire que c'était un suicide ?

Jean-Marc lui explique qu'Odile n'allait pas bien, que Madeline et Jérémy ne savaient pas tout. Il lui parle d'idées noires, de dépression pendant des années. Odile avait changé. Il explique qu'elle avait beaucoup de mal à reprendre le dessus, que par moments leur mère n'était plus la même.

— Madeline, elle savait ?

Elle lui répond que oui. Et le père confie qu'il lui a annoncé tout de suite.

— Pourquoi elle et pas moi ?

Jean-Marc explique à Jérémy qu'il était plus fragile, pas prêt à gérer ça. Conneries. Jérémy a envie de l'attraper, le secouer, le balancer par terre pour qu'il parle, qu'il raconte, au lieu de lâcher les détails au compte-gouttes. Jérémy ramasse une poignée de graviers et la jette devant lui. Il entend les petits cailloux crisser contre le marbre, sur la tombe de sa mère. Et c'est absurde ce qui se passe, c'est comme s'il ne contrôlait plus ses gestes, plus les paroles qui sortent de sa bouche. Madeline l'attrape, elle le serre à nouveau contre elle, elle pleure, et Jérémy pleure avec elle. *Maman n'avait jamais parlé de suicide, si ? Est-ce que ça se voyait ? Dans sa façon de parler, de se tenir, de nous regarder ? Une fissure. Un point de rupture minuscule. Est-ce qu'on pouvait le deviner dans les courbes de son sourire ? Est-ce que c'était là, sous nos yeux, comme un appel ? Une évidence ?* Jérémy repense à des images de sa mère, de quoi espère-t-il se souvenir ? La main d'un fantôme posée sur son épaule, comme dans ces films à la con. La preuve d'une présence maléfique qui aurait été responsable de ses idées noires. Il essaie de se rappeler des reflets, des traces, des ombres autour d'elle, ça serait plus plausible, là tout de suite, plutôt que ça vienne d'elle, que ce soit *elle* la présence maléfique dans leurs vies.

Jean-Marc ne cesse plus de pleurer. Ils pleurent tous les trois. Serrés les uns contre les autres. Leurs douleurs se confondent. C'est parce que Odile l'a voulu qu'elle est morte. Qu'ils se retrouvent ici.

Jérémy a l'impression d'être en apnée. Quels que soient les derniers événements, ses pensées se sont construites sur cet instant de fracture. Au fond de lui, quelque chose avait appelé de toutes ses forces le moment du choc, un pas plus loin que la simple idée de la mort. Ce n'était pas suffisant pour être la clé, pas la vérité, et Jérémy le savait. Sa mère s'est suicidée. Voilà le poison. Et tandis qu'il l'imagine en train d'appuyer sur la pédale de l'accélérateur, de fixer cet arbre dans sa ligne de mire, de crisper ses mains sur le volant sans que rien, rien du tout, n'éclate dans son esprit pour la faire dévier de sa trajectoire, Jérémy comprend pourquoi sa famille semblait être morte avec Odile. Rien de ce qu'ils étaient, d'amour, de joie, de bonheur, ne s'est figé en eux. Rien de la tendresse. Rien de ces moments de vie et de chaleur. Juste l'abandon.

Ce jour-là, ce n'était pas la mort qui avait pris le rendez-vous. C'est leur mère qui a voulu partir.

*

Deux heures du matin. Jérémy ferme les yeux. Il les ouvre à nouveau. Trois heures. Il ne dort pas, derrière ses paupières tout est lourd. Il ne trouve pas le sommeil. Il lutte avec les souvenirs, ces échardes plantées dans le mental. Tous ces moments déformés qu'il faut déconstruire pièce par pièce. Morceaux inutiles et biaisés des derniers mois. Des images en rafales, qu'il faudrait entièrement redessiner. Une voix dans sa tête s'ingénie à rectifier : *Non, ta mère n'est pas décédée. Elle s'est foutue en l'air. Tu n'as pas pu la retenir, tu ne lui as pas donné envie de continuer à vivre. Tu n'étais pas là, tu n'existais plus.* Les mots frappent et frappent encore, comme s'il fallait que cette vérité injuste et froide poinçonne chaque nanomillimètre de lui.

Les larmes viennent, pas doucement, pas contenues. Juste un hoquet malade qui ne se ravale pas.

Tu nous aimais pas, maman, c'est pas possible autrement. Sinon, t'aurais pas fait ça. T'aurais pas pu partir comme on claque une porte sans se retourner.

Si tu étais restée, ce soir-là, si tu avais freiné, ou évité l'arbre, est-ce que tu aurais recommencé à nous aimer ? Est-ce qu'on serait redevenus, pour toi, des raisons suffisantes de vivre ? L'effort de vivre plus loin, pour nous, t'aurait peut-être mise à l'abri, à force. Peut-être que tous nos baisers, tous nos rires, auraient peu à peu cautérisé tes blessures, si tu leur en avais laissé le temps. Si tu nous en avais laissé le temps.

Mais t'as pas cru en nous, pas cru qu'on en serait capables.

T'as pas voulu de notre aide.

T'as pas voulu qu'on t'aime, maman.

Moi non plus je veux pas qu'on m'aime. Je veux plus. Tu vois, c'est ça qui me fait peur maintenant. Je saurais pas quoi faire de l'amour des autres, sur mes épaules tel un poids mort, avec l'impression de devoir le traîner d'un bout à l'autre de moi sans que ça s'emboîte plus nulle part. Moi aussi j'ai peur de ne pas réussir à laisser le temps à qui que ce soit de me toucher. Je reste là, parmi les vivants, avec cette sensation d'être mort au-dedans. Six pieds sous terre. Et ton suicide, comme une réponse à ça. Oui vraiment, j'ai peur d'être comme toi, maman.

C'est comme un instantané de nous qui ne figerait plus que l'essentiel. Cette masse de dégâts. Des éclaboussures. Un gâchis immense. Est-ce que ça a toujours été ça entre nous ? Entre papa et toi ? Entre Madeline et toi ? Entre moi et toi ? Des distances, des vides, des brèches auxquels on a tourné le dos ? Bien sûr, il y a eu des instants de vie et de partage, brefs, profonds. Mais on a su que multiplier des absences dans le flux partagé, coupures momentanées. On se disputait pour ces choses qui n'ont de sens que dans la minute où on les expulse de soi, et qu'on oublie une heure après. Ça n'empêchait pas les rires de revenir. Ça n'a jamais suffi à nous faire dévier les uns des autres. Avant. C'est ce que je croyais. Mais les trous étaient en nous, tout ce temps.

Ce soir-là, quand tu as décidé de partir, c'est ce vide immense que tu m'as jeté au visage. Tout ce que l'on n'a jamais su être l'un pour l'autre, ce que l'on n'a jamais été.

C'était né de nous il y a longtemps.

Ces derniers mois, chaque jour depuis ton départ, perdu dans ma peine, j'ai aimé croire que je te ressemblais un peu. Que ta force de vie me sauverait, au bon moment. Trop près du bord de la falaise, trois pas en arrière. Mais je me trompais sur cette matière première que tu avais mise en moi. Cette sensation de vide et de froid à contre-jour de toi, elle est bien là, je la sens. J'ai l'impression qu'elle me poursuit partout, où que j'aille, quels que soient les endroits dans lesquels j'essaie de l'oublier. Est-ce que c'est toi qui l'as cachée ici, sous ma peau ? Est-ce que c'est ce qui m'attend, cette dalle glacée, la seule chose capable d'emprisonner tout ce mal ? Ma vie, c'est le crépuscule à cause de toi, maman. Pas un commencement, mais le cliquetis ininterrompu d'une nuit qui ne bascule plus vers le jour. Tes ombres planent le long de tous les fugaces instants de clarté, comme si je devais désormais les garder près de moi.

Papa disait la vérité. Tu t'es suicidée. En te parlant, tout m'apparaît plus clair. Je ne sais pas si j'ai vraiment compté pour toi. Cela change tout. Je n'étais plus là. Un bref instant, toi, ma propre mère, tu as cessé de me faire exister. J'ai été pour toi un point de néant. Je suis maintenant une partie d'un vide inconsolable. Et tu as disparu dedans, tu as tranché quelque chose à un endroit de ma vie. Je suis un garçon interrompu. Une brèche. Et ça ne se referme pas, ça suinte et reste à vif. Ta mort n'était pas un départ, elle était une fuite, un renoncement. Un abandon planté en travers de moi. C'est cet instant de ténèbres qui nous relie.

Maman, toi et moi on est une fin, pas un début.

Peut-on venir au monde sans venir à la vie ? Tomber du ventre comme un poids mort. Respirer sans chercher à absorber quoi que ce soit de cette réalité, une simple déjection du corps crachée sur la table d'accouchement. Pas le fruit de l'amour, non, juste le pépin. Et si tu avais enfanté ce vide-là ? Un vide assez grand pour y loger ta peine avant de la fuir. Est-ce que tu m'aimais, au moins ? Est-ce que tu as pensé à nous au moment d'en finir ?

Alors que j'en ai voulu au monde entier de m'avoir arraché ma mère, je découvre finalement qu'elle s'est arrachée de moi, de nous. Que nous n'avons pas été pour toi une raison suffisante de vivre. Rien n'a jamais été plus évident, plus clair, plus limpide, que ce constat.

Maman, tu m'as laissé là.

Comme une erreur sur laquelle on tourne la page.

Maman, j'ai quinze ans, je fais quoi maintenant ?

●

La tache au plafond du salon continue de s'étendre. De la taille d'une pièce de deux euros il y a à peine encore quelques semaines, elle est à présent un livre ouvert dont les pages humides égrènent un charabia ocre et brun. Qu'est-ce qu'il faut y lire, sinon l'absurdité sur laquelle la tache se penche au quotidien ? Elle retranscrit en circonvolutions crasses les affres dont elle est témoin. Une toile vierge qui se remplit à la gouache des cris et des peurs de Camille et Jérémy. Chaque dispute semble la nourrir, le moindre conflit est une goutte supplémentaire.

Alors que Jérémy s'efforce de ne rien laisser paraître de ce qu'il ressent, une moisissure se propage au-dessus d'eux, un nuage noir qui n'en finit plus de gonfler.

Cette masse qui grandit, bientôt elle recouvrira tout, c'est ce qui l'angoisse. La manière dont elle observe au fond de lui et semble se remplir de la matière sale qui s'y trouve. Il regarde s'étaler au-dehors ce qu'il s'efforce de contenir. Et Camille peut le voir à toute heure du jour ou de la nuit, et n'importe qui d'autre. Alors, sans trop s'en rendre compte, il mobilise une énergie démesurée à essayer de régler le problème. Trois plombiers se sont succédé au fil des semaines. Ils ont planté les crocs de leurs détecteurs directement dans la bouillie de peinture et de plâtre. Taux d'humidité : cent pour cent. C'est lacrymal, ce qui se joue sous la surcouche, un ciel d'orage prêt à rompre.

Jérémy a cherché la cause, a mené son enquête. Le voisin à l'étage n'a pas constaté de fuite chez lui. Aucun joint ne présente de défaut apparent, pas de tuyau en rade. L'assureur penche pour un problème dans les canalisations communes, celles qui courent le long des murs et entre les appartements, mais impossible de savoir. Le syndic de copropriété n'a pas d'informations, personne d'autre ne s'est plaint. Il faudrait casser pour pouvoir trouver quel endroit, quel tuyau, quelle fuite. Découper le plafond, à l'endroit de la tache, pour atteindre les secrets qui se terrent derrière. Jérémy attend la réponse du propriétaire. Une évaluation du coût des travaux. Combien de temps ça va prendre ?

Il ne peut qu'attendre, scruter le jus rouillé qui colore irrésistiblement l'étendue blanche. Et même s'il sait que la fuite se situe là, quelque part, derrière les murs, il pense que c'est lui la brèche par laquelle s'engouffre toute cette petite saleté. Lui, ce décor qui rompt peu à peu. Cette douleur déborde de lui et veut être entendue. Alors elle s'est frayé un chemin où personne ne pourra plus l'ignorer, au-dessus de leur tête, un soleil noir.

TROIS

JÉRÉMY

Des corps en flottement, près de la machine à café. Et ces voix qui n'en forment plus qu'une seule à force de se chevaucher. Les présences, autour de Jérémy, lui demandent un effort de concentration supplémentaire. Il n'a plus envie d'être là, à aligner des pensées froides. Malgré les piles de dossiers à traiter, cette succession logique de choix anodins que l'on attend de lui. Tout au long de sa journée, l'essentiel de son activité a consisté à lutter contre lui-même pour ne pas se lever et encastrer sa tête dans le mur en placo. Un enchevêtrement de positions inconfortables de l'esprit. Par la fenêtre, Paris. Dehors, les corps migrent lentement vers les cocons du soir, ces endroits de lumière et de chaleur où ils peuvent enfin recouvrer leur forme molle.

Jérémy cherche l'heure dans le coin de l'écran de son ordinateur. Des chiffres ronds qui scintillent, lumières digitales au bout de son tunnel. Camille aussi doit être encore au boulot, il ne sait pas. Il se reproche, chaque fois, de ne pas faire l'effort de tout retenir, tout savoir, de l'emploi du temps de sa copine. Camille sait, elle, où il se trouve et à quel moment de la journée. Un jeu bête s'est instauré entre eux deux. Plus il s'éloigne, plus elle s'évertue à remplir les vides par un tas d'informations inutiles et superflues. Et plus elle essaie de savoir, se démène à étiqueter chaque seconde de leur quotidien, à partager ce qui peut l'être, plus Jérémy se dérobe, l'évite, tente de la semer. Ils se fatiguent l'un l'autre, à tenir la distance. Camille l'aime tellement. C'en est grotesque d'aimer à ce point quelqu'un qui semble s'en foutre en permanence.

Jérémy relit le mail de son chef de service. Le glisse dans le dossier des messages auxquels répondre quand il en aura l'énergie. On ne lui demande pas d'être efficace. Ici, tout le monde fait semblant. Les figurants d'une entreprise qui veut juste avaler les corps et se sentir pleine. L'esprit divague d'une pensée à l'autre, comme on se raccroche aux branches, en quête d'un nid chaud. Mais rien ne vient. Ça fait longtemps que Jérémy traîne ce spleen glacial sous sa peau. Il évalue rapidement le temps perdu à se morfondre sous les néons et leur atmosphère définitive, juge que c'est suffisant pour aujourd'hui, puis commence à rassembler ses affaires. Lui aussi veut se glisser dans la foule du dehors, ces ombres pressées et anonymes à la recherche de souffle.

Dans la rue, les dalles poussent chacun de ses pas, si bien que les rues se fondent en une seule trajectoire, bien définie, jusqu'à l'entrée du métro. Sur le quai, près du bord. Il approche le bout de ses chaussures juste au-dessus du vide. Il se demande toujours quelle tête aurait le conducteur de la rame en approche s'il faisait mine de vouloir sauter sur les rails. Est-ce qu'une force tout autour de lui se mettrait en branle ? Les cris des gens, le freinage d'urgence. Mais le métro arrive et Jérémy recule sagement. Un appel d'air balaie les mèches de ses cheveux. Les portes s'ouvrent face à des corps qui s'extraient d'une masse compacte de chair et de tissus. Il monte. Quelque chose le prend à la gorge et l'empêche de se dénouer. L'idée de ne faire qu'un avec cet amas de gens tristes aux existences rythmées de paresse et de déceptions. Il pense à cette vie calme et tranquille aux côtés de Camille, cette ligne horizontale et chiante tracée devant lui et qui ne lui convient pas. Non pas qu'il ait mieux à envisager, et c'est précisément ça, le nœud qui ne se dénoue pas. La lutte est permanente pour maintenir la routine entre eux, c'est plus dur à instaurer qu'on ne le croit : un quotidien mouvant, sur lequel l'ensemble de leurs besoins se construisent, se tournent autour et se tolèrent, faute d'avoir l'énergie de les entraîner ailleurs. Ils s'aiment dans un endormissement progressif de leurs forces vives.

Les lumières du tunnel se succèdent et balaient le visage de Jérémy par à-coups, elles sont autant d'étoiles filantes drainant des vœux stériles. Jérémy consulte l'heure sur son téléphone. Son bras se contorsionne pour ne pas perturber son voisin endormi la bouche ouverte. Camille est sans doute déjà à la maison à cette heure. Toujours en place pour rejouer la scène des retrouvailles, gentille et patiente, ce qui n'arrange rien.

Camille était arrivée dans sa vie sur la pointe des pieds, avant de s'y vautrer platement. Ce genre de fille qu'on pense ramener pour un soir, et qui reste. Que l'on baise sans manière, et qui reste. Tu ne la rappelles pas, tu ne lui écris pas, et pourtant elle revient, elle a reçu l'invitation que personne ne lui a envoyée. Là, toujours. Sans que ce soit aussi lourd, ni aussi désagréable que ça peut l'être avec les autres. Un mystère pour Jérémy. Comme si elle n'avait pas compris quel genre de gars inapte à l'amour il était, ou faisait semblant de ne pas le voir. Ou l'inverse : elle avait vu quelque chose bien au-delà de lui. Alors elle reste, et lui aussi, à la façon d'un duel de Far West, par curiosité peut-être de savoir qui tombera le premier. Il se dit ça, le corps étriqué dans le peu d'espace, contraint dans ses mouvements. Au milieu de ces gens immobiles et éteints que même l'odeur d'œuf pourri des tunnels ne réveille plus.

Devant lui, un couple d'amoureux. Ils ne se parlent pas, mais se reconnectent d'un simple échange de regards. Pour ces gens-là, le couple n'est qu'un agencement de bons gestes et de bonnes attitudes, mais pour Jérémy rien d'évident à ça. Il fournit une énergie dingue afin d'être un type normal, du genre qui ne se réveille pas en pleine nuit avec une boule au ventre et l'envie de chialer, sans raison. Ou dont le visage ne se recouvre pas d'un seul coup de cette ombre triste qui se lit partout sur lui. Ni celui qui disparaît une heure ou deux, sans explication, pour suffoquer, prostré dans un coin, parce qu'une main invisible n'arrête pas de lui porter des coups. Il ne donne rien, juste un petit peu ce serait déjà trop, ça l'ouvrirait en deux. Son corps est un puits de ténèbres.

Il doit constamment cacher des choses à Camille. Ses crises d'angoisse, ses doutes, les médocs, la dépression qui revient comme un boomerang chaque fois qu'il pense l'avoir éloignée. Sa famille, aussi. Camille ne les a jamais rencontrés. D'ailleurs, Jérémy ne prend plus la peine de les rappeler, des mois que ça dure.

Il ne veut pas que Camille le voie, ce malaise qui le poursuit depuis quasi toujours et sur lequel il ne parvient à poser aucune définition. À l'inverse, rien ne bascule dans cette douceur qui suinte d'elle et rend tout chez lui plus rugueux et désagréable encore. Un apaisement impossible à négocier. Le cœur constamment en recherche d'équilibre, Jérémy passe le plus clair de son temps à se contorsionner pour épouser les courbes de ce quotidien tranquille et serein que Camille lui apporte sur un plateau. Sauf que rien, en lui, ne se plie docilement. Le cœur en cage, mais pas prêt de s'y faire.

Il a développé ce réflexe de la protéger de lui-même par son mutisme, par ses fuites, comme si elle était l'extension fragile d'une zone de sa géographie. Un endroit de sa vie où le bonheur serait envisageable, où les possibles seraient réparables. Camille est entrée dans sa vie sans forcer la moindre porte, alors qu'il avait la certitude d'être trop endommagé pour aimer. Il n'avait pas tout à fait tort, mais elle avait réussi ce tour de passe-passe à l'endroit de lui où ses précédentes petites amies avaient échoué : peu importe les trucs que Jérémy tente, elle ne disparaît pas dans sa manche, ni dans le fond de son chapeau. Elle reste près de lui. Est-ce qu'elle a vu, réellement, de quoi Jérémy est capable ? Chaque photo d'eux où leurs sourires se gravent dans le papier glacé lui semble un mirage, un moment qui n'a jamais existé. Son amour à lui, exercé à s'éteindre, une minuterie tendre et brutale à la fois.

Tandis que le train ralentit à l'approche d'une nouvelle station, les gestes sont impatients. Et déjà les anonymes se pressent contre les portes pour en actionner frénétiquement la poignée. Jérémy se lève, bouscule une fille qui ne réagit pas. Les corps se positionnent, c'est à celui qui sera le premier à sortir. On passe notre temps à chercher à s'enfuir. Toutes les portes qui se dressent devant nous ne sont que des issues de secours.

CAMILLE

Serrée contre Jérémy, Camille retient son souffle. Elle se tient prête, sur le point de sauter. Depuis qu'elle le connaît, il y a cette sensation en elle qui continue de se répéter. Ce qu'elle devine en lui, succession de vertiges. Alors elle essaie de garder des appuis solides, fermement ancrée sur ses rebords. Elle est une funambule sur le fil de leur relation. Quand elle s'élance, chaque fois, c'est au risque de tomber, plus amoureuse encore. Elle se racle la gorge. Ne dit rien. L'écran de la télévision égrène une succession de personnages dont elle a oublié les noms, ils s'entremêlent et se croisent dans un scénario qu'elle a saccadé de mille autres perceptions tactiles. Les lignes qu'elle dessine le long du bras de Jérémy, à la pulpe de ses doigts, ne délimitent rien de ce désir immense qui s'étend partout quand elle est près de lui. Tout un pan d'elle s'engourdit, mais elle demeure immobile, dans l'instant pur, pour ne pas l'effrayer. Elle a cette précaution innée, façonnée depuis l'enfance, elle reconnaît d'instinct les choses cassées quand elle en tient entre ses mains. Il faut y aller mollo, manipuler avec douceur, il faut beaucoup d'amour, plus que de nécessaire, pour créer le coton, le tendre. Alors Camille pèse ses mots, ses soupirs, ses gestes, ses demandes. Ça ne la perturbe pas, elle en a l'habitude. Elle ne se rend pas compte que depuis des mois, elle avance vers Jérémy comme à reculons d'elle.

Quand elle bascule la tête, la barbe de Jérémy pique la peau de son front. Ce contact rêche entre eux, ce papier de verre contre lequel elle s'efforce de polir la plupart de ses envies. Elle ne sait plus quoi faire pour lui être agréable, juste devenir cette fille qui n'a plus d'avis sur rien et ne le force plus. Est-ce que c'est encore de l'amour ? Elle se demande parfois. L'amour, c'est ce qu'on veut que ce soit, c'est ce qu'elle se répète. Et si elle le veut tellement, tout finira par trouver sa place. Ses copines lui disent qu'elle insiste pour rien, que c'est pas sain leur truc. Elles ne reconnaissent plus Camille, elle qui fonce toujours droit devant, la voilà qui tâtonne. Les filles comme elle, quand elles ne vont plus à cent à l'heure, elles s'enfoncent dans le sol, elles ne flottent plus, elles coulent. Pourtant elle s'obstine, le désir est plus fort. Elle l'aime. Au point que ça lui fait mal, d'imaginer la vie sans Jérémy.

Camille se redresse, aussitôt il retire le bras qu'il avait mis autour d'elle pour attraper son verre sur la table basse. Il prend une gorgée, repose le verre, puis se recule au fond du canapé, bras croisés. Il faut qu'elle aille le chercher pour que tout se remette en place. Elle mêle ses doigts aux siens, serre sa main dans la sienne, se love à nouveau contre lui.

Il s'agace :

— Tu n'arrêtes pas de gigoter…

— J'étais mal assise.

Dès la première seconde, la première minute, la première heure près de Jérémy, elle avait senti vibrer en lui les courants d'air tristes. Toutes les fractures de l'âme, les déchirures, ces infimes fissures qui jalonnent le dedans. Elle avait pu les percevoir. Assise devant Jérémy et son regard paumé qui diluait des ombres en plein jour, elle avait tout de suite su qu'il y aurait tant à faire, tant de sutures, tant de nœuds solides pour renouer tout de lui. N'importe quelle fille l'aurait jugé con, une perte de temps, chantier trop important. Il aurait fallu que Camille court, qu'elle fuit, qu'elle ne se retourne pas. Le premier jour de leur rencontre, elle aurait dû partir, savoir qu'un garçon comme lui n'était pas fait pour elle. Ils se sont quittés tant de fois sans se le dire. Sans savoir se le reprocher. Sans savoir se réconcilier non plus. Juste revenir l'un près de l'autre et trouver cela normal.

Ce qui la retient, c'est l'entrain de toujours. Ce qu'elle sait faire des gens abîmés. Avaler toutes leurs couleuvres, tout de leur peine. Elle était convaincue que près d'elle, Jérémy finirait par se sentir bien. C'est ce genre de petites victoires qu'elle cherche encore partout sans en avoir conscience. Avec sa mère elle n'avait pas réussi. Patricia continuait de le lui reprocher à chaque coup de fil, par des formules bien senties, savamment distillées, des reproches de travers, sa vie sans elle, sa vie ailleurs. Mais avec Jérémy, cet acharnement pouvait faire sens. Pas de passé, seulement de l'avenir.

Jérémy se lève.

— Je vais à la cuisine, tu veux un truc ?

— Non, c'est bon, merci.

Ce que Camille veut n'est pas dans le frigo ni dans un placard. Elle ne se détend pas. Un espoir en elle ne cesse d'appeler un abandon en lui qui ne veut pas répondre. Les premiers mois de leur relation, elle ne demandait rien et tout avait roulé. Puis le jour où elle lui a dit je t'aime pour la première fois, tout a fini d'être fluide, naturel, facile. Pourtant, elle n'a jamais cessé de le lui répéter depuis.

Tous les soirs avant de s'endormir, les mots doux de Camille sont un baume sur les cicatrices trop sensibles du quotidien. Quelques formules magiques sucrées qu'elle murmure. Soir après soir, elle applique cette recette qu'elle pense suffisamment maîtriser pour guérir celui qu'elle aime. Elle attend. Elle attend que l'os se reforme. Que la chair se régénère. Que la peau reprenne sa belle carnation. Elle est sûre qu'avec beaucoup d'amour on peut faire ces miracles. Ramener du côté de la vie ce qui a cessé de l'être.

Elle est intelligente Camille, elle est sensée, raisonnable. À son boulot, tout le monde la craint, personne n'ose se frotter à elle. Mais elle est transpercée par cet optimisme béat qui peut la rendre chiante. Des croisades inutiles, des combats dont tout le monde se fout. C'est ce qui la rend précieuse, aussi, dans un monde où les choses cassées, on les jette, on ne les répare plus. Camille se donne toujours du mal, elle essaie, elle n'abandonne pas.

Camille n'est plus une enfant mais elle croit encore que tout se répare.

Elle reste là, à la frontière d'un miracle qu'elle est persuadée de pouvoir accomplir.

JÉRÉMY

Le digicode. L'escalier. Deux étages. Les clés butent dans la serrure. Jérémy entend la voix de Camille de l'autre côté de la porte. Elle lui demande d'attendre une minute, qu'elle arrive. Un sourire tord un coin de sa bouche. Il imagine qu'elle a dû se dépêcher de rentrer du boulot, avec un plan en tête, l'envie de surprendre, de faire plaisir. Ça le fait chier autant que ça l'amuse. Camille et ses surprises, c'est toujours un peu bancal, pas que l'intention n'y soit pas mais le plaisir qu'elle y prend est une supernova : une explosion que rien ne freine. Il l'imagine courir d'un bout à l'autre de l'appartement, sans savoir si elle doit d'abord faire ceci ou cela, continuant de compiler un tas d'actions inutiles. Pendant ce temps, Jérémy patiente devant la porte, son sac sur l'épaule. Les minutes s'enchaînent. Il frappe à la porte, encore. « Oui, oui ! »

Elle est vraiment comme ça, Camille, foutraque et en même temps faite pour lui.

Deux mois et demi après leur rencontre chez des amis y a quatre ans, elle posait ses valises dans son appartement, parce qu'elle en avait envie, passer du temps avec lui sans avoir à planifier ni à trimballer un sac pour la nuit. Ils étaient devenus un couple, ni par habitude ni parce que c'était écrit. Juste parce que c'était plus simple, être deux, dans le brouhaha de solitudes autour, et qu'à un moment faut bien baisser les armes. Elle ne posait des mots sur rien, elle était dans la Vie, au sens d'une matière qui baigne tout. Il avait fallu du temps à Jérémy pour l'admettre mais une fille comme Camille, c'est un peu une licorne, quand on en croise une, on a d'abord du mal à y croire, et après on réalise qu'il n'y aura pas de seconde chance : si elle se barre, terminé, on se retrouve seul avec ce mirage dans un coin de la tête. Alors on se tient là, immobile, sans tenter le moindre mouvement, sans oser cligner des yeux. Quatre ans plus tard, rien n'avait vraiment changé, si ce n'est l'épuisement qui accompagnait tous ces efforts à se lier l'un à l'autre.

La poignée vrille sur elle-même, la porte s'ouvre. Camille a ce sourire qui lui mange le visage quand elle lui attrape le bras et le tire à elle. En la voyant trépigner, le cœur frais et joyeux, Jérémy a du mal à croire que cette fille gère des équipes entières d'artistes, de créatifs, de techniciens, que certains l'appellent « Madame » et qui se tiennent à carreau quand elle rapplique. Elle avait su préserver une vérité en elle, assurément, que le masque de responsabilités qu'elle devait endosser au quotidien ne l'empêchait pas de retrouver sitôt rentrée chez eux. Cette manière d'infuser un enthousiasme intime dans chacun de ses actes était une force pour traverser la froideur de ce monde.

Les volets sont fermés. Quelques bougies éclairent la pièce. Un long fil de fumée s'élève nonchalamment du bout incandescent d'un bâton d'encens. Jérémy fronce un sourcil, tandis que Camille s'écarte pour dévoiler une nappe étendue sur le sol. Elle a cet air malicieux, fière d'avoir eu l'idée à laquelle personne n'aurait pu s'attendre. Jusque-là rien d'original mais il feint l'étonnement, ça fait partie du jeu. Il devine des plats posés çà et là. Des coussins pour qu'ils puissent s'asseoir. Au programme, pique-nique sur le plancher. Jérémy pense à ce dos qui lui fait mal depuis des jours, mais il lâche que c'est une super-idée et la regarde décoller un peu plus du sol. Histoire que l'ambiance soit encore plus lunaire, un vieux morceau de Syd Matters tourne sur la platine. *Hi Life.* Elle murmure un couplet à son oreille : « *Now you spend your life waiting for a sign, waiting for a sign, living downtown / In the old house, / A thousand lonely years hidding in the ground, hidding in the ground living downtown / In the old house.* » Elle danse contre lui, si doucement que leurs corps finissent par onduler sur le même rythme. « *Hi life, knocking at my door / I'm not ready to take it, / Hi life, knocking at my door / I'm not ready to take it.* »

Elle dépose un baiser sur ses lèvres, en lui soufflant de se mettre à l'aise, de s'asseoir, qu'elle s'est occupée de tout, c'est une occasion particulière. Jérémy en profite pour aller dans la salle de bains. Souffler, reprendre ses esprits. Une demande en mariage ? Camille ne serait pas à ce point à côté de la plaque. Il serre la mâchoire, sent immédiatement la douleur dans le muscle mandibulaire. Le nœud en lui se resserre. Une vague immense, au fond de sa gorge, tente de se frayer un chemin pour éclabousser l'instant. Une angoisse qu'aucune digue ne serait capable de contenir si elle déferlait, là, tout de suite. Même en mobilisant l'amour en lui, le tsunami d'émotions reste dur à avaler. Il sort de sa poche une plaquette de Diazepam qu'il a toujours sur lui. Il bloque la salive dans sa bouche et gobe un peu de cette chimie nécessaire à dissoudre la mélancolie.

Quand il relève la tête, le lieu n'a pas changé, la même empreinte, la même sensation, mais l'intérieur se défile déjà et la vague recule doucement. Personne ne sait qu'il abrite un océan sauvage. Il y endort des tempêtes et y noie les remous. C'est l'essentiel de cette vie-là, qu'il faut flouter au plus vite.

Alors il avale un deuxième comprimé. Il les prend comme des bonbons, sans prescription cohérente à force de changer de médecin tout le temps. Parce que, en vrai, rien ne saisit jamais le mal au-dedans.

La mélancolie. Elle n'est plus seulement dans sa tête. Elle est devenue physique avec le temps. Tandis que la main manipule la plaquette d'anxiolytiques, il observe ses doigts qui tremblent, il sent dans ses poumons comment l'air vient par détonation, son rythme cardiaque qui accélère comme s'il allait bientôt mourir d'être seulement vivant.

Une angoisse qui s'exprime. Mais ce n'est plus seulement un cri qu'on lâche jusqu'à l'essoufflement, il s'agit d'un murmure omniprésent glissé derrière chaque mot qu'il prononce, chaque minute où il se tient éveillé, debout, face à ce monde. Le malaise est un organe froid, mort en lui, mais qui continuerait de décharger dans ses veines un peu plus de ténèbres.

Il en avait parlé à des médecins, et ça n'avait contribué qu'à rendre le problème plus réel, plus grand, plus difficile à contenir. Il en avait parlé avec des potes de fin de soirée, là non plus, ça n'avait rien donné, que des confidences tristes. Avec les filles d'un soir, ce moment de flottement sur l'oreiller où l'on offre à voir ce qu'on reprendra aux premières lueurs du jour. Ça n'avait rien donné non plus. Que des sourires gênés, des moments d'inconfort. Eux et leur facilité à vivre. Il ne s'était confié qu'à des gens de passage, qu'il s'était efforcé de semer ensuite, sans explication, sans leur laisser la moindre chance de le rattraper. En passant pour un fou, sûrement, en laissant la place à toutes les interprétations. Il en avait parlé avec des psys, là encore rien n'était venu que des paroles creuses, des mots réconfortants dénués d'effets sur la durée. On lui avait répété qu'il faudrait du temps, que la dépression était difficile à appréhender. Il le sait. Il l'a compris très vite. Qu'elle naît tout au fond, à un endroit de soi où les pensées et la chair sont liées, à ce point de fusion qui n'obéit à rien de tangible. Ni à la volonté ni au plaisir.

Pour Jérémy, le monde n'est fait que d'amorces fulgurantes et de lentes agonies. L'essentiel de son quotidien consiste à coucher dans le froid de la mort la plus infime sensation de tendresse capable de naître en lui, à tenter de l'offrir en sacrifice à ce stupide désarroi. Trop occupé à se débattre, il n'avait su retenir personne, à part Camille, mais Camille est une force vive bien plus résolue que lui, un opposé, un négatif, une extrémité supplémentaire impossible à anticiper. Camille est une anomalie dans la vie de Jérémy. Ce qu'elle lui apporte n'a aucune chance d'exister autrement qu'à travers elle. Alors il résiste, il résiste autant qu'il peut. Pour ne pas l'offrir, elle aussi, sur l'autel de sa peine.

De retour au salon, il erre, sans trop savoir où se poser pour ne pas gâcher la scène qu'elle a imaginée. Il enjambe un saladier rempli de pâtes froides et de feuilles de roquette, manque d'écraser une assiette de tartines indéfinissables. Ça lui rappelle ces apéros maladroits, quand il était étudiant, sauf que cette fois Camille a blindé les bases et soigné les détails. Elle a cette capacité à remonter le temps sans que ce soit ridicule, à les ramener à des périodes qu'ils n'ont pas explorées ensemble. Elle retrace leurs vies, à Jérémy et elle, tantôt vieux, tantôt ados ou enfants, leurs vies de météores jumeaux. Elle aime croire à quelque chose qui tienne du destin, et pas seulement à un hasard capable de se rompre à tout moment.

Jérémy s'assied tant bien que mal. Il se concentre, mais aucune date à fêter ne lui revient. Tandis que Camille apporte une bouteille de vin, il lui demande : « Excuse-moi, c'est pour quoi tout ça ? » Il espère l'annonce d'une promotion et qu'elle en soit si contente que sa joie se soit traduite en jolies attentions. Elle baisse la tête. Un quart de seconde, Jérémy devine un mouvement de recul, partout en elle, comme si finalement, au pied du mur, la démarche ne lui semblait plus si naturelle. Arrière toute. La chanson de Syd Matters s'est arrêtée. Le saphir de la platine bute encore et encore dans le vide, un hoquet sourd. Jérémy prend la main de Camille, pas franchement sûr de vouloir la conforter dans ce qu'elle s'apprête à faire, plutôt le cœur à l'enfoncer. « Ma chérie, ça va ? » Elle relève la tête, mais à la bonne humeur semble avoir succédé une nervosité plombante. Elle lâche ce grand sourire prêt à lui péter au visage, une bombe qu'il va falloir attraper en plein ventre pour en avaler l'explosion. Une crainte, mais il ne pense pas que les prochains mots annoncent une mauvaise nouvelle. Dans sa tête, il se répète ce qu'il aimerait être capable de lui confier : *Ma chérie, calme-toi, respire, y a rien de grave, j'suis sûr. Toi, moi. On s'en sort plutôt bien, non ? Y a rien qui manque, rien qui soit nécessaire. On est tous les deux ici, l'un près de l'autre. C'est tout ce qui compte. Ne fais pas ces yeux-là, ceux qui semblent à la fois regarder au-dehors et au-dedans. Et ta bouche, pourquoi est-ce qu'elle me donne l'impression de garder ses secrets ?* Il l'embrasse. Les baisers sont commodes quand on ne sait plus quoi ajouter, ils peuvent être à la fois une amorce et une fin, des points de suspension. *On peut s'en tenir là si tu veux, mes lèvres couchées sur les tiennes. Boire du vin, dîner, écouter les vinyles que t'as préparés à côté de la platine. On peut faire en sorte que ce soit doux, pas rugueux, non, juste doux. S'il te plaît, évite qu'on regrette cette soirée.*

Elle se recule. Prend les mains de Jérémy dans les siennes. Puis cherche ses mots. Camille n'était pas du genre à les mâcher quand il l'a connue, pas cette fille qui se tait et attend qu'on lui indique quelle direction prendre. Mais là, Jérémy la retrouve telle que ses sautes d'humeur à lui l'ont façonnée : toute en prudence et en hésitation.

Elle lui explique qu'elle voudrait qu'ils discutent. Et Jérémy se raidit davantage. *Non, non, pas de discussion. On commence par des banalités et après on lâche les mots qui gâchent tout. Franchement Camille, toi et moi c'est beau, mais c'est fragile, ne tire pas sur la corde, ne craque pas une allumette, ne dis plus rien. Il faut qu'on reste immobiles, toi contre moi et pas l'un « contre » l'autre.* Mais déjà Camille enchaîne, lui demande comment il trouve leur quotidien, s'il n'a pas comme un manque. Le visage de Jérémy se verrouille. *Camille, me dis pas que ça va pas entre nous pour que je te rassure, me dis pas que tu as besoin de plus. Camille, s'il te plaît, tais-toi, ne dis plus rien, je ne serai pas capable d'en faire davantage. Il faut que l'on fasse avec cette réalité qui nous ment, et c'est comme ça. Si tu me poses trop de questions, il n'y aura plus que la vérité. Les doutes posés sur la table. Et cet amour entre nous, il n'en restera pas grand-chose…*

Puis la question tombe, variation d'attitude, missile verrouillé sur sa cible :

— Tu nous imagines à trois ?

Elle se recule pour observer sa réaction. Jérémy se recule, lui aussi. Un peu trop brutalement. Sa jambe tire sur la nappe au sol, il manque faire tomber son verre. Il s'écarte d'elle rapidement, chaque partie de son corps distincte des siennes. Quelque chose a été tranché. Il dévie, sans la regarder :

— Bah… ça dépend, elle serait blonde ou brune ?

Il ne l'entend pas rire. Elle insiste, plus franchement :

— Toi, moi, un bébé.

Il avait bien compris la première fois, mais dans le doute. Jérémy espérait la mettre suffisamment mal à l'aise pour qu'elle saisisse l'ironie et passe à autre chose, qu'elle n'aille plus sur ce terrain. Il repositionne son verre entre les plis de la nappe. Son esprit se fige sur des détails insignifiants, cherche un alignement parfait. L'assiette le long du carreau blanc, le couteau à la perpendiculaire du verre, sur le carreau rouge. Il a le temps de penser à tout ça, avant que l'écran s'éteigne.

Plus de musique.

Plus de bruit.

Pas même le souffle de sa respiration.

Plus de pensée. Plus rien à dire.

Juste cette déflagration, en lui.

Un bébé.

Du regard, Jérémy cherche à lire dans le ventre de Camille, avant de remonter vers son visage. Une seconde à peine lui suffit pour balayer la totalité de leurs quelques rapports sexuels des dernières semaines. Elle semble vexée d'avoir à s'expliquer : « Je suis pas enceinte, si c'est ce que tu te demandes ! » Soulagement. Ça, Jérémy arrive à le ressentir. L'étau qui vient d'empoigner chaque côté de son cerveau se desserre doucement. Mais tandis que la pression s'infléchit, les pensées qu'il avait mis tant de soin à semer le rattrapent. Lancinante, une voix lui répète à quel point il est mauvais pour ces choses-là, pas prêt à faire son bonheur. À son tour, il cherche une issue, au-dedans et au-dehors.

La voix de Camille, à tâtons :

— Tu penses à quoi ?

— À rien.

Les mots sortent trop vite de la bouche de Jérémy, tel un reproche. Il voit sur le visage de Camille que c'était agressif, sa bouche reste ouverte. Il abrège la discussion, se dérobe. Il sait que ce qu'elle pourrait trouver dans ses angles morts l'abîmerait pour de bon.

Leurs corps reprennent forme loin l'un de l'autre, machinalement. Elle, ses mains posées sur ses genoux. Lui, les bras croisés autour de ses jambes. Il essaie de regarder Camille droit dans les yeux sans lui paraître désagréable. Mais tout s'écœure à l'intérieur.

Tu ne vois rien ? Comment tu peux ne pas voir ça ? Je ne peux pas être avec toi Camille, pas de cette façon. Je ne suis qu'un enchevêtrement de liens interrompus, coupés. Comment peux-tu penser que je serais celui qui saurait retisser le fil ? Imagine un bébé, une extension de moi :

et si c'était le malaise qui enfantait la chair ? J'aurais trop peur que mon enfant soit fait de cette matière-là lui aussi, j'aurais trop peur de ne pas pouvoir l'aimer. Et je sais, déjà, que je ne pourrais que lui en vouloir de me lier si fort à la vie. Tu me demandes de faire un enfant avec toi, et tu ne vois rien de tout ça ?

Camille palpe son égarement. Et Jérémy sait que c'est mal, la laisser seule face à ce mur. Elle lui souffle :

— Tu pourrais pas… dire un truc ? Parce que là…

Mais il ne fait que ravaler les vérités qu'il ne faut pas qu'elle entende. Qu'il la veut elle, mais qu'il ne veut pas de cet amour, qu'il ne veut pas de ce gosse, pas d'un bébé. Il fait face à Camille. Rien ne sort de sa bouche.

Ses yeux se voilent de déception, comme s'ils avaient manqué le rendez-vous qu'elle avait cru fixer. Assis devant elle, Jérémy recrache un malaise que Camille accueille en elle, la transfusion est palpable, quand il prend sa main elle est étrangement froide. Et il culpabilise d'être létal près d'elle. Il sait depuis leurs débuts qu'elle ne sortira pas indemne de lui, il croyait pouvoir amortir les chocs. Mais elle est le mannequin du *crash test*, lui le mécanisme qui propulse le véhicule contre le béton. Il devrait lui intimer de se lever, de partir loin.

Sauve ta peau, Camille, les gens comme moi ne sont pas faits pour les gens comme toi, ils ne sont faits pour personne ! Y a aucun mot pour te le dire, Camille. Si je parlais, je t'assure, tu n'entendrais que des cris.

Il sait qu'il faut qu'il réponde, qu'il argumente. Il voudrait s'arracher la peau, ça se trouve sûrement loin dessous, la bonne chose à dire, la bonne attitude. Ses perceptions ne sont qu'oscillations et changements de rythme, il ne contrôle plus rien de l'écume sale et malade qui se libère au fur et à mesure que les battements de son cœur accélèrent et martèlent sa poitrine. C'était là, ça n'avait pas bougé. La voix de Camille lui revient en écho, tandis qu'il voit la vague revenir au large.

Oui j'ai compris, j'ai entendu, Camille, laisse-moi deux minutes, là, j'ai besoin de… Mais rien ne glisse entre ses lèvres que ce long silence saturé des paroles qui n'ont plus lieu d'être.

Camille veut porter son enfant, elle veut qu'ils vivent un peu plus loin, un peu plus près, un peu plus liés.

Mais c'est trop tard. Trop tard. Camille, jour après jour tu ne serres contre toi qu'un malentendu, un résidu. Ma vie s'est arrêtée il y a longtemps, et je le sais. Je n'ai pas le droit à ce bonheur, je ne peux pas vivre comme les autres. Je ne suis pas comme eux. Je ne suis pas fait comme eux. Je ne respire plus. Tu vois bien que je suis mort, non ?

Camille le fixe droit dans les yeux. Il s'avance et la serre dans ses bras. Elle imagine sans doute qu'il s'agit d'un moment de tendresse. En vrai, il voudrait la serrer si fort que ce bébé ne verrait jamais le jour. Il ne veut pas de lui dans sa vie. Il ne veut plus d'elle. Il ne veut plus ressentir ça. Et cette voix qui lui répète qu'il ne mérite rien de tout ce bonheur, rien de cet apaisement. Il veut qu'elle se taise, ne veut plus rien entendre.

Camille lui redemande « Alors, t'en dis quoi ? », sans se rendre compte de ce qu'elle serre contre elle, pas Jérémy mais l'immensité de son désespoir, un égarement impossible à saisir. Une vague, à nouveau. Et son visage n'est plus qu'un point de bascule qui hésite entre la joie et la peine. Toute cette lumière qui éclate d'un côté crée des ombres plus grandes encore à l'intérieur de Jérémy. Il sourit avec une bouche qui ne suinte plus que le dégoût. Et les mots se décident enfin à sortir de sa bouche. Ces mots comme des extensions de lui, des mensonges dans lesquels il est devenu adulte.

— Oui.

— Oui, quoi ?

— Oui, je veux ce bébé… avec toi.

Il ne sait pas pourquoi il dit ça. Il ne le pense pas. C'est ce qu'elle veut entendre, alors il lui fait ce cadeau, même s'il est convaincu qu'il courra dans l'autre sens à la première occasion. Des larmes montent aux yeux de Camille. Des larmes de joie, ou alors d'une tristesse infinie venue de loin, car peut-être a-t-elle compris que c'est fini entre eux, là, ce soir. Que ça s'est terminé au moment précis où elle a formulé le désir de lier leurs vies si fort.

Elle le serre contre elle. Peut-être est-ce l'inverse. Qu'importe. Jérémy ne sait plus lequel des deux a le plus peur de lâcher l'autre.

CAMILLE

Le son de la télévision, trop fort pour que ça ne soit qu'un bruit de fond, remplit le petit appartement de Patricia. Quand Camille s'empare de la télécommande, sa mère multiplie de grands gestes des mains.

— Laisse, ma chérie, c'est bientôt les infos !

— Je sais, maman, mais... ça fait longtemps qu'on s'est pas vues.

Quand on lui lance une évidence, Patricia a toujours ce mouvement de recul avant de réagir, quelques secondes à se tapir dans un mauvais orgueil avant de se remettre en ordre et changer d'attitude.

— Bien sûr ! Coupe-moi ça. Qui a besoin de mauvaises nouvelles, hein ? Il n'y a que ça maintenant à la télé !

Elle s'assoit sur une chaise, en face de Camille et Jérémy. Devant le plateau de bâtonnets de carottes et de mini-choux-fleurs à croquer qu'elle a patiemment préparé, elle est trop enthousiaste pour que ce soit sincère, trop en effets de voix et en sourires gratuits.

— Jérémy, je suis tellement heureuse de te rencontrer ! Tu imagines, ma fille a réussi à te cacher tout ce temps ! Je suis quoi, moi ? Je suis sa mère. Sa mère ! Non mais tu imagines ? Tout ce temps sans te rencontrer.

Camille avait pris soin de prévenir Jérémy sur la façon dont ça allait se passer. Les reproches sous le vernis, ce calme nerveux qui caractérise Patricia. Surtout, ne pas être dupe : elle pouvait exploser à tout moment et devenir ce gisement de colère qui avait systématiquement éloigné chaque personne autour d'elle. De l'entrée au dessert, il faudrait éviter la panoplie de mines que sa mère allait déposer sur la table, essayer de les désamorcer une à une, au moins jusqu'au café, et après partir vite, ne plus revenir, juste marquer le coup une fois, comme ça, pour qu'elle leur fiche la paix. Depuis que Camille avait quitté la maison, Patricia n'avait cessé de se refermer pour réapparaître à l'inverse, en cratère béant de solitude dont l'agressivité était les seuls mots doux. Elle allait répéter en boucle de grands mots excessifs, se plaindre que Camille l'avait abandonnée, qu'elle l'avait fuie, qu'elle ne donnait pas assez de nouvelles, ne venait pas la voir, ne l'aimait pas assez. Jamais elle n'avouerait que Camille continuait de l'appeler tous les jours, de subvenir à ses besoins chaque mois et qu'elle était partie pour vivre sa vie d'adulte comme le font tous les enfants devenus grands.

Par ses reproches incessants, Patricia continuait d'obliger Camille à elle. Camille restait pour sa mère cette petite fille utile que Patricia avait disposée à tous les endroits creux de sa vie pour y amener du beau, mais qui était devenue cette adulte inutile et qui lui échappait. Alors, avec un savoir-faire subtil, elle lui faisait payer son absence, son départ, et la chance qu'avait Camille de pouvoir agencer d'autres choix que les siens. À chaque conversation, plutôt que de se réjouir et de célébrer Camille, elle entretenait toutes ses fragilités avec l'espoir que peut-être, un jour, Camille reviendrait et qu'elles ne seraient à nouveau plus qu'une. Que sa fille n'existerait pas plus forte sans elle. Mais difficile de l'admettre, et Patricia s'attachait toujours à l'image, qu'on voit dans les mauvais films, de cette mère qui l'avait élevée seule, qui lui avait consacré l'essentiel de sa vie, celle qui avait toujours été là. Cette version éculée était l'histoire officielle. En vrai Camille ne lui devait pas grand-chose de ce qu'elle était devenue de solaire et de consistant loin d'elle. Entre mère et fille, les contacts n'étaient à présent que sourires et caresses de travers, brutales et nécessaires, tandis que l'une attendait de voir trébucher l'autre.

Pendant le trajet qui les avait conduits ici, Jérémy avait observé Camille passer par toute une palette d'émotions qu'il ne lui connaissait pas. Camille avait laissé couler des larmes rares pour finalement basculer dans une forme d'apathie. Pendant qu'elle conduisait, son corps voulait aller vers l'avant, alors que son esprit désirait faire marche arrière et rentrer. Elle ressent cela à nouveau, là maintenant, pendant que Patricia se penche au-dessus de la table et offre à Jérémy une vue plongeante sur son décolleté.

— Alors, parlez-moi de vous, Jérémy ! Quelles sont vos intentions envers ma fille ?

Et Patricia se transforme en vacarme, un rire sonore, trop bruyant, trahissant son embarras. Camille la connaît : Patricia n'aime pas Jérémy, avant même de le rencontrer, avant même d'en entendre parler, avant même qu'il existe dans la vie de Camille, elle l'a détesté. Comme elle a détesté toutes les choses et toutes les personnes qui l'ont éloignée de sa fille.

Jérémy bégaie. La situation est compliquée entre eux, sans doute le pire moment pour mettre un mot sur ce qu'ils vivent. Camille intervient :

— Maman, s'il te plaît.

— Comment ça « Maman, s'il te plaît » ? Camille, enfin !

— Maman…

— Vous voyez Jérémy, je ne peux rien dire. Camille et son caractère. J'imagine que vous avec compris, à force ? Avec vous aussi elle fait ça ?

Cette sensation froide qui la ramollie, Camille la connaît bien. Enfant, elle cessait d'exister dès qu'elle ressentait ça. Elle ne montrait plus rien de ce qui l'agitait, ne bougeait plus. Sa mère pouvait la déplacer d'un endroit à l'autre, la faire tournoyer des heures devant des inconnus qui s'extasiaient poliment. *Oh, regardez Camille comme elle est jolie. Comme elle est sage. Comme elle est gentille. C'est ma fille, c'est moi qui l'élève seule. Regardez comme elle est parfaite, grâce à moi.* Camille était une poupée. Ce sont tous ces fils qui la soulevaient du sol en permanence qu'il a fallu couper pour devenir elle-même.

Mais elle n'est plus seule sur le canapé de sa mère. Quelque chose de chaud s'étend dans ses veines et la ramène à elle, tandis qu'elle prend fermement la main de Jérémy.

Il répond :

— Camille et moi, on est bien ensemble, on… On habite ensemble, ça fait déjà un moment, on a des projets et… ça va, on est bien.

Il est flou, comme à son habitude, flou parce qu'il ne sait pas ce qu'est leur vie à deux. Et de se trouver face à cette hésitation, c'est douloureux pour Camille. Elle a besoin de l'artillerie lourde, là tout de suite. Trop hésitant, trop mou. Elle veut bien des mensonges, ce ne serait pas grave tout un tas de mensonges dans lequel il faudrait effectuer un tri plus tard, de l'exagération, n'importe quoi qui aurait son effet pour que sa mère l'envisage à l'état solide et recule devant tant de bonheur. Mais Patricia sourit. Elle sait ce que ça veut dire, l'hésitation, quand on parle d'amour. Il y a eu assez d'hommes de passage dans sa vie pour qu'elle puisse reconnaître ceux qui veulent rester et ceux qui ne pensent qu'à partir. Le sourire sur le visage de Patricia est aussi poli qu'il est méchant.

— Jérémy, vous savez, Camille a toujours eu de grandes attentes…

— Maman…

— Ce n'est pas vrai ? Tu donnes toujours aux gens l'impression qu'ils ne sont pas assez bien pour toi, ne dis pas le contraire !

Venir ici était une mauvaise idée. Camille prend une inspiration silencieuse pour tenter de ralentir le temps. Qu'est-ce qu'elle imaginait ? Elle n'était pas revenue voir sa mère depuis l'enterrement de sa tante Jackie. Seulement deux jours et déjà ça c'était mal passé. L'appartement de Patricia, trop exigu pour accueillir tant de ressentiments, de regrets, de reproches qui débordaient des fenêtres, remplissaient les placards, faisaient sauter les gonds des portes. À la fin du week-end, tout le quartier en avait été recouvert. Rien n'avait changé, pourquoi le croire ? Au téléphone, à des centaines de kilomètres de Patricia, Camille parvenait à faire avec. Il lui suffisait de ne pas écouter, une oreille distraite, occupée, répondre de façon laconique. *Oui, oui. Hmm, tout à fait. Oui c'est vrai. Tu as raison.* Et quand elle raccrochait, elle ne savait jamais de quoi elles avaient parlé, si ce n'était qu'elle avait écouté Patricia se plaindre et ressasser une vie qui n'était plus la leur. Seulement là, il y a Jérémy. Il n'est ni un parachute, ni un gilet pare-balles, il n'est d'aucun secours, c'est même l'inverse : Camille ne craint pas les missiles mais, de lui, elle doit tout protéger. Son fragile Jérémy, si prompt à se casser. Elle n'a pas d'autre choix que de se tenir en travers pour absorber la collision et les coups. Et l'énergie que ça lui demande, alors que la discussion est calme, feutrée et pleine de bonnes manières, est considérable.

Patricia prend son verre à la main, le geste est celui d'une femme qui se souvient qu'autrefois elle était élégante et qu'on la désirait. Elle ne prête plus attention à Camille, il n'y en a plus que pour Jérémy. Elle alterne des poses dévoilant sa peau. À la fois triste et grotesque, cet appétit lui revient naturellement quand elle se tient face au désastre. Elle en remet une couche :

— Quand Camille était petite… Oh, elle croit que je ne le sais pas, mais vous allez voir, une mère voit tout… Quand elle était petite, Camille prenait des robes dans mon armoire. Pas n'importe lesquelles, non, les plus longues, celles qui faisaient comme une traîne quand elle les enfilait. Je le sais parce que plus d'une fois j'en ai retrouvé qui étaient déchirées. Elle voulait se marier ! À sept ans, peut-être huit, elle en parlait déjà !

Jérémy boit une gorgée de ce kir dégueulasse, trop chargé de sirop. Une gorgée, c'est toujours bien quand on ne veut pas répondre. Ravaler sa salive, juste quelques secondes, assez pour qu'un autre sujet vienne combler le silence. Patricia sait ce qui peut le piquer, elle a fait ses devoirs, elle le devine depuis des mois dans les réactions de sa fille quand elle parle de lui. Et maintenant qu'il est devant elle, Patricia le reconnaît. Ce mec bancal et inapte qu'elle pressentait. Ils traversent le temps, ils changent de forme et d'allure, mais ce sont toujours les mêmes, au fond, qui font vibrer sa colère. Les pas courageux, les lâches, les peureux. Tous ceux à qui elle avait donné ses joies, ses heures tranquilles et qui avaient tout pris, ne laissant plus d'elle que des confettis. Ils lui ont appris le poids de la solitude, qu'on est si peu de chose dans le grand océan des vies quand on ne parvient pas au bout de tant de quêtes à trouver sa forme solide. C'est cette solitude-là qui nous entraîne au fond, à cet endroit où plus rien n'existe que pour se révolter.

Patricia aurait tout pris de Camille, tout croqué, tout avalé, si sa fille n'était pas partie. Alors pourquoi demeurer sans réaction, tandis que Jérémy se repaît à sa place ? Pourquoi lui ? Qu'est-ce qu'il a de si précieux qui l'autorise à se tenir ici, dans son salon, sur son canapé, la main dans celle de Camille. À la rendre malheureuse ? Et le silence s'éternise et Patricia change de position toutes les secondes. Une tension palpable. Alors Camille ne réfléchit plus :

— On va avoir un enfant.

Le mensonge est lâché. Une boule de bowling sur une table en verre. La phrase tombe et tout se brise sur son passage. Camille cherche le regard de Jérémy, mais il fixe la table droit devant, puis Patricia, puis plus rien.

Patricia ne sait plus quoi dire. Elle ne se réjouit pas. Les bons mots seraient : « Je suis contente pour vous ! Quelle joie ! Je vais être grand-mère ! », mais elle ne dit rien. Comme si tout de cette pièce, de cet endroit, venait de rompre. Camille sent qu'elle reprend le dessus, alors elle le répète :

— On en a parlé et, voilà, on se sent prêts. On pense que c'est le bon moment. On va avoir un enfant.

Jérémy a lâché sa main. Mais Camille s'efforce de sourire tout en se redressant sur le bord du coussin pour ne pas laisser le canapé l'avaler tout entière. Patricia, comme chaque fois, montre d'abord son vrai visage, cette mine froide et sombre à laquelle elle se laisse aller quelques secondes en reprenant son souffle. Puis elle étale un sourire à la truelle pour faire du bien à Camille. Elle se lève d'un bond, manque de tomber quand sa jambe cogne contre le rebord de la table.

— Les enfants, quelle belle nouvelle ! Laissez-moi vous embrasser !

Patricia serre Camille contre elle sans vraiment la toucher. Une posture bizarre par-dessus la table basse et les crudités. À peine une étreinte, comme un dernier reproche. Camille laisse retomber ses bras le long de son corps. Puis Patricia contourne la table et enlace Jérémy en écrasant ses seins contre lui, elle lui ordonne :

— Hé ho, je ne suis pas en sucre, serre-moi fort !

Elle embrasse ses joues. Mais Jérémy n'est plus là. Son corps oui, l'esprit, lui, est ailleurs. Camille le voit. Qu'il n'est plus dans cette vie, plus dans ce quotidien. Qu'elle a créé une réalité alternative où plus rien de lui n'existe. Il sera toujours temps d'en parler plus tard, dans la voiture, de lui expliquer ce qu'elle a voulu balancer à sa mère. Elle avait besoin de le formuler, ce bébé. Elle voulait qu'il existe en dehors d'elle, ce désir, juste un instant. Mais lui il a encore le choix.

Patricia en fait des tonnes :

— Et c'est pour quand ? Oh non, ne me dis pas que tu es déjà enceinte, tu es déjà enceinte ? Oh toi, tu nous caches encore quelque chose !

Camille part aux toilettes, elle ne veut pas pleurer devant sa mère après l'annonce qu'elle vient de faire. Elle veut que cela reste réel le plus longtemps possible. Elle veut y croire. Jérémy et elle.

Une vie qui les réparerait tous les deux.

JÉRÉMY

Un bébé.

Camille veut un bébé, veut devenir mère.

Depuis des jours, la tension ne se relâche pas. Les douleurs à la mâchoire sont revenues de plus belle. Jérémy peine à desserrer les dents, même pour boire son café. Quand un collègue lui parle, il hoche simplement la tête, sans essayer d'avoir l'air sympathique. En boucle dans son esprit, le visage de Camille, suspendu au sien, en attente d'une réponse. Jérémy a menti.

Il a dit qu'il voulait de cet enfant. Mais depuis, Camille n'est qu'euphorie et joie, elle ne pose plus de questions, ne demande plus rien, elle attend. Elle attend que Jérémy la prenne dans ses bras, l'embrasse, lui fasse l'amour. Elle attend ce point de fusion. Elle attend le moment où cela deviendra concret. Chaque fois que Jérémy y pense, une sensation rigide prend forme. Elle l'oblige à se tenir droit, incapable qu'il est de recevoir le choc autrement qu'en plein dedans. Il va falloir réagir. Lui parler. Mettre un terme à cela. Déjà, il panique, pour lui le concret n'a pas attendu pour obstruer son champ de vision, il est partout, où qu'il regarde.

Jérémy déteste penser à Camille comme à une équation à résoudre. Il se perd dans des plans sortis des zones les plus nébuleuses de son cerveau, cherchant comment mettre un terme à leur histoire. Un animal coincé dans un piège et prêt à se ronger la patte pour se libérer. Les dossiers s'accumulent à sa droite, il ne prend même pas la peine de jauger les urgences, il n'en a pas grand-chose à foutre.

Et plus Jérémy essaie de réfléchir à la situation, à Camille, plus ça se fige au fond de lui, le malaise est à l'état solide, il prend toute la place dans le ventre, écrase les organes internes. Les maux d'estomac, les sueurs froides, c'est le malaise qui se déploie, de minute en minute. Des raisons à cet état de panique, y en a une, cent, mille, des tas, en vérité. Cet accès de vie, difficile à avaler, qui lui reste en travers de la gorge. Il n'a jamais su se nourrir de la vie. Il n'a jamais su y parvenir avec légèreté, ce qui semble facile pour tant d'autres, se tenir debout, respirer, s'ouvrir à plus grand que soi. Il demeure recroquevillé, dans une stase interminable.

Ses doigts tournent autour de la plaquette de médicaments dans sa poche. S'il s'écoutait, il la sortirait, goberait un comprimé, deux, peut-être trois, pour que la discussion de la veille avec Camille cesse de résonner dans sa tête. Il ne veut plus apprendre quoi que ce soit sur cette chose qui le ronge, se contente d'en endormir les aspects les plus bruyants. La dernière fois qu'un généraliste lui a parlé de pharmacodépendance, Jérémy l'a remercié de lui avoir ouvert les yeux, a écouté poliment le protocole qu'il lui proposait pour arrêter les anxiolytiques, a noté le numéro du psychiatre qu'il lui conseillait, lui a serré la main franchement, en le regardant dans les yeux. Et quand il a franchi la porte du cabinet, il a cherché une autre adresse de médecin dans Google Maps, une autre personne à qui parler. Tout ce qu'il voulait, c'était une foutue ordonnance, avec la liste des courses habituelles. Les comprimés dont il avait besoin pour supporter les autres, sans avoir l'envie tenace de s'arracher la peau.

Il continue la journée en se tenant sur le côté. Tout du long, il ne remarque pas les collègues qui vont et viennent autour de lui, ces gens qui passent, qui s'activent pendant que lui bute, cloué au sol. Quand il relève finalement la tête, l'*open space* est vide. Les « à demain » mécaniques se sont accumulés jusqu'à ce qu'il se retrouve seul, plongé dans le noir. Des heures supplémentaires qui n'en sont pas. Juste pour ne pas affronter Camille. Ne pas avoir à lui parler. Mais il se fait tard et la nuit a définitivement emporté le jour.

Il rassemble ses affaires et file jusqu'au métro. Durant le trajet, il observe ces silhouettes qui se confondent dans les tunnels, sur les quais, partout. Paris est une ville faite pour lui, capable de basculer de l'euphorie de corps au désert le plus total en quelques heures. C'est facile ici de disparaître, au gré des humeurs. Tous les habitants sont comme des vides errant dans des absences plus grandes encore.

Il est seul dans le wagon. Cet espace ni ici ni ailleurs. Il masse à nouveau les muscles de sa mâchoire, articulant des syllabes silencieuses pour les détendre. L'énervement de la journée l'a laissé exsangue, comme s'il avait consommé la plus infime étincelle d'énergie à buter contre chaque minute, chaque seconde. Toute la journée, en bon funambule, il s'est efforcé de se persuader qu'il ne pensait pas à elle. À sa mère. Regardant droit devant plutôt qu'en bas le gouffre qu'elle était dans sa vie et au-dessus duquel il avait construit le reste. Mais elle était là, toute la journée, toutes ces heures, sous chacun de ses pas, prête à l'entraîner dans la chute. Des années après, des questions n'avaient toujours pas trouvé de réponse. Est-ce qu'il avait totalement échoué avec sa mère ? Échoué à mobiliser assez d'amour et de douceur pour la retenir ? Est-ce qu'il était responsable de sa mort ou, tout du moins, de l'absence de raisons qui l'auraient poussée à vivre ?

Il essaie de faire en sorte que cet événement ne compte pas, que ça n'ait pas de prise sur ce qu'il est devenu. Il se persuade que s'il a la tête collée contre le carreau sale du wagon, que des larmes coulent sur ses joues, c'est parce qu'il est fatigué, qu'il est tard, qu'il se traîne, et surtout pas parce qu'il a mal, comme un enfant a mal. Une douleur sur laquelle aucun mot n'a de prise, aucune caresse, aucun espoir quelconque.

Quand il arrive à l'appartement, il retrouve cette atmosphère particulière que chacun de ses gestes déforme, trop brusques, trop fatigués. Il est tard, comment c'est possible qu'il arrive à cette heure ? Camille a laissé sur la petite table un mot pour l'informer qu'elle allait se coucher. Une assiette de crudités, recouverte d'un film plastique, est posée sur le comptoir de la cuisine. Il n'y touche pas. Le ventre s'est creusé si loin qu'aucune sensation de faim n'émerge plus. Juste une angoisse, solide, compacte, tombée d'un bloc dans l'estomac. Il retire ses vêtements dans la salle de bains, se passe de l'eau sur le visage. Le miroir recrache une mine épuisée.

Il ne fait pas de bruit pour ne pas réveiller Camille. Le pire serait qu'elle ouvre un œil, lui demande de raconter sa journée, avec l'envie de s'y intéresser vraiment. Il la devine en rentrant dans la chambre, la lumière des chiffres du réveil recrache de minuscules courbes dans l'immensité des draps. Il s'allonge en silence, à l'autre bout du matelas.

La distance entre leurs corps est minime, mais gigantesque dans sa tête. C'est le pouvoir des secrets, ils créent des décalages qui altèrent tout du réel. Il sent son corps rouler vers elle, un bras passer sous le sien pour encercler son ventre. Il retient sa respiration, essaie de bouger très lentement, pour éviter le moindre mouvement à même de rompre le sommeil de Camille. Elle murmure, endormie : « Tu m'as manqué. » Il ne répond pas, ne remue plus, fait semblant de dormir. Il sait que ça n'a pas de sens. Mais il n'a pas la force, ne peut pas l'affronter.

Il entend Camille qui se contorsionne pour essayer de voir s'il dort déjà. Elle prend mille précautions pour ne pas le réveiller en caressant son épaule. Sans savoir ce qui s'est passé, elle semble déjà consolider un endroit de calme et de douceur autour de lui, tandis que lui serre les dents pour ne pas lui gueuler d'arrêter, de disparaître avec tout cet amour. Même quand elle se racle la gorge elle prend soin d'étouffer le bruit. Elle se décroche et roule à nouveau de son côté du lit, lui tourne le dos. Elle espère sans doute qu'il soit loin, parti dans un rêve qui le bercerait autant qu'elle aimerait en être capable.

Et il est ailleurs, en effet, mais pas dans une chaleur qui apaise. Il a trente ans et les secrets ont cessé de lui donner une aura de mystère charmante. Désormais, ils s'agglutinent pour ne former qu'une urgence douloureuse et flippante. Quand il regarde autour de lui, il ne reconnaît plus rien, sa peine a explosé partout. Comment voir l'avenir ?

Les questions sont dans sa tête, sa trachée, dans chacun de ses gestes. Rien de précis, seulement des bruits, des cris, des douleurs qui se nouent. La chaleur puis le froid, un vertige qui se relance sans cesse. Ils habitent ici depuis plusieurs années mais même l'appartement lui semble différent, comme s'il n'avait jamais habité cette vie qu'il a tracée avec Camille, qu'il venait d'en tomber, d'avoir raté le rebord. Il n'a été qu'une imposture posée là, un mensonge plus gros, plus imposant, qui aurait avalé les autres mensonges sur sa route jusqu'au point d'éclatement.

Camille. Le bébé. À force de s'entasser, les pensées saturent sa boîte crânienne, une sensation physique proche de l'étouffement. Rien n'est plus relié à rien, juste des bribes, un dialogue sans hiérarchie. Des interférences. Un crachin gris-blanc saturant l'espace. Et Jérémy ingère ce crépitement telle une oie qu'on gave. Chaque pensée supplémentaire le rapproche de l'asphyxie. Le contact avec les autres s'est interrompu : il a perdu le signal, son cœur fait de la neige.

Son regard se plante à la verticale, quelque part dans le plafond. Il garde les yeux ouverts, là où l'obscurité n'est pas tout à fait noire grâce au scintillement du réveil. C'est pire chaque fois qu'il ferme les paupières, alors il essaie de fixer un point précis au-dessus de lui. Ce sont des instants comme ceux-là, où il voudrait mourir. Pas ce machin immense et définitif dont tout le monde parle, non, juste une parenthèse, un moment d'effacement. Il aimerait disparaître, semer les sensations qui l'envahissent peu à peu, trouver refuge dans une fin discrète. Mais rien ne se passe qui le soulage, au contraire. L'angoisse devient solide, le malaise tangue si fort qu'il déborde et devient physique. Alors c'est dans le souffle, dans les muscles, dans le ventre, dans les battements du cœur. Jérémy peine à reprendre son souffle, tandis que ses membres s'engourdissent les uns après les autres. Il se tortille sous les draps humides contre sa peau. Se tenir là, sans bouger, n'est plus possible. Il a peur que cette sensation l'emporte, une folie passagère, est-ce qu'il pourrait tomber dedans et ne plus en sortir ?

Il bouscule Camille dans le lit. Une fois, deux fois. La tire de son sommeil. Il a besoin qu'elle ouvre les yeux, qu'elle le voie, le regarde. Il a besoin d'exister, avant que cette vague ne l'entraîne complètement. Elle se serre contre lui. Visage au creux de son cou. Jérémy s'accroche au souffle de Camille pour cadencer sa propre respiration, il inspire fort, comme s'il fallait aller chercher l'air loin dedans. Il glisse la main sur son ventre. Sa chaleur, pleinement. Il cherche contre sa peau des émotions qui ne soient pas acérées. Une douceur, une chaleur, un frisson. Et c'est doux, en effet. Camille se perfuse en lui par débit tendre. Avec fragilité, comme si à tout moment l'aiguille pouvait se retirer et le laisser pour mort. Elle le relie au reste, ces murs, ce sol, ce plafond, chaque élément de cette boîte qui le retient près d'elle. Mais ce n'est pas assez, il veut plus, et tout de suite. Il embrasse son front, la serre contre lui. Il aimerait que ça suffise à les rendre heureux, les sentiments qui persistent entre eux. Or ça n'est plus assez. Il le sait. L'amour ne suffit pas et sa détresse pèse trop lourd maintenant qu'il la porte pour deux, pour trois.

Il la serre plus fort. Elle râle dans son sommeil. Il ne sait pas l'heure qu'il est. C'est tard et c'est la nuit. Ce n'est pas le moment. Pas l'heure. Ce n'est pas lui. Il la contraint, l'empêche de glisser à nouveau dans le sommeil. Il la brusque. Elle essaie de se redresser dans le lit, se détourne. « Qu'est-ce que tu fais ? » elle dit, d'une petite voix engourdie. Jérémy reste calé contre elle. Il l'embrasse. Sa langue remplit la bouche de Camille, elle n'a pas le temps d'entrouvrir les lèvres, Jérémy force le passage, il écrase sa bouche, sa langue. Elle est surprise, se raidit, puis se laisse faire, glisse vers lui et l'embrasse à son tour. Elle caresse ses cheveux, ses épaules, et ce n'est pas ça qu'il demande. Il veut que déferlent d'autres perceptions, que ce soit brutal, pour provoquer le black-out. Elle le sent à sa façon de bouger. Camille retient la main de Jérémy sur son cou, l'incite, l'invite, sa mâchoire s'ouvre quand il enserre sa gorge dans sa paume. Son autre main la caresse. Il baisse son short du bout des doigts. Il articule son corps, froidement, sans se sentir dégueulasse, sans que ça le dégoûte, sa jolie poupée qui devient pantin. Il place les jambes de Camille autour de lui. Il glisse au-dessus d'elle. Ses doigts la cherchent. Il la pénètre sèchement. Un cri perce au fond de sa gorge, du plaisir et de la douleur.

Il reprend pied dans cette succession de gestes, s'arrime à cette chair réactive sous ses doigts. Il relève les poignets de Camille, les immobilise. Gémissements saccadés. Rien ne dure que les corps n'avalent pas. Il la prend. Succession de va-et-vient rapides. Jérémy lui murmure « Je t'aime » mais son corps lui hurle le contraire. Il la brusque, la contraint, la positionne. Il voit Camille chercher une position confortable, mais Jérémy sabote, empêche. C'est la première fois depuis des jours qu'ils font l'amour, mais ce n'est pas l'amour. Des décharges en intraveineuse.

Il replie le bras et le plaque sous le menton de Camille, appuyant sur le cou. Et il pourrait serrer,

serrer encore, il est sûr qu'elle ne bougerait pas. Elle s'abandonne à lui. Camille lui fait confiance, croit en lui. Elle le regarde droit dans les yeux, et Jérémy devine son amour à la fois triste et plein. Il a peur de ne pas pouvoir s'arrêter, de ne plus pouvoir cesser de resserrer son étreinte. Il ne veut pas de cet amour, n'en veut plus. Ses paupières qui se voilent, ses joues cramoisies. Il les devine dans la pénombre. Il voudrait tout effacer, voudrait que tout s'arrête. Il relâche la pression et l'observe chercher son souffle à grandes bouffées dans le vide. Il s'enfonce alors le plus loin possible en elle. Il a envie qu'elle ressente physiquement tout le mal qu'il lui fait depuis des mois, des années. Son corps tremble. Jérémy va pour se retirer. Elle le retient. Elle veut cet enfant pour enfin les lier l'un à l'autre. Cet enfant comme un nouveau départ.

Il n'entend plus que sa voix qui le ramène à elle et le rend palpable : « Jouis en moi. » Il éjacule en gueulant. Un râle, comme un fou qui se défenestre. Le saut dans le vide est réel : il tombe au fond de Camille. Les bras de Camille se verrouillent autour de lui, il sent ses doigts s'enfoncer dans son dos, se fondre dans sa peau. Elle lui demande de rester comme ça, en elle. Jérémy ne parle plus. Elle lui caresse les cheveux. Et rien de cette tendresse-là n'est réel, rien ne se loge en lui, rien n'a de prise. Il se tient là, au bord de devenir père, avec pour seule certitude l'idée d'en être incapable, et cette sourde envie de crever.

*

Quand Jérémy avait dix ans, il enviait les mecs de vingt. Avec tout ce qu'ils déployaient de liberté. Il les regardait par la fenêtre descendre la rue comme des bolides, squatter les bancs et les bars avec cette capacité d'être partout chez eux. Mais quand c'est lui qui a eu vingt ans, il n'était à sa place nulle part, il pensait à ces types comme à des étoiles filantes, on y croit encore sans savoir qu'elles ont explosé il y a déjà des années de cela.

Quand il avait vingt ans, il enviait les mecs de trente. Parce qu'ils paraissaient solides, inébranlables et lancés loin devant. Il était fasciné par cette rigidité dans leur regard, l'air de ne pas douter, la satisfaction d'être arrivés à ce moment de leur vie où ils savaient enfin de quel métal ils étaient faits. Ils étaient la preuve que tout pouvait s'accomplir, pour peu qu'il soit patient et qu'il tienne bon : l'âge de raison tardif et toutes ces conneries, il suffisait de tirer sur la corde jusqu'à ce que les années cèdent. Être patient, attendre son moment. Trouver un boulot pour lequel il serait doué, gravir les échelons, gagner plein de pognon. Rencontrer une fille, l'aimer, l'épouser, lui faire un enfant. Trouver un endroit, quelque part, où se blottir à trois, à quatre, à cinq, une flopée de gamins avec qui il ne reproduirait rien de ce qui l'avait fait souffrir. Être une bonne personne, un bon mari, un bon père.

Il pense à ça et il frotte ses yeux, tandis qu'un deuxième comprimé lui laisse un arrière-goût amer sur la langue. Allongé dans le lit, il entend l'eau couler sous la douche, Camille se prépare pour aller travailler.

Le soleil le retourne, face contre l'oreiller. Ces réveils consistent à voir le jour mais du mauvais côté, la lumière du dehors ne dissipe aucun sommeil. Après la façon dont ils ont fait l'amour pendant la nuit, quelque chose en lui s'est scellé à double tour, sans que Jérémy parvienne à avoir de prise dessus. Un secret à l'intérieur du secret. Le décalage est total.

Une harmonie étrange s'est installée entre Camille et lui. Comme si leur relation avait tenu sur la résistance depuis toujours, et qu'un effondrement avait eu lieu cette nuit. Ils se tournent autour, sonnés, sans savoir quelle réaction avoir, fuir davantage ou s'occuper des morts. C'est la seule chose que Jérémy sait faire, s'occuper des morts. Tout le reste de la nuit, il s'est tourné et retourné, évitant le contact du corps de Camille, cherchant sans cesse à se dérober après qu'ils ont fait l'amour. Depuis qu'ils ont ouvert les yeux ce matin, il feint que tout va pour le mieux, Camille lui rend la pareille. Pourtant, il est certain qu'elle sait aussi bien que lui que ça ne fonctionne pas.

Jérémy se tient là, en équilibre entre cette mère morte à qui il n'avait pas réussi à donner envie de continuer à se tenir parmi les vivants et cet hypothétique enfant à qui il faudra parvenir à donner le goût de vivre, alors que ce souffle-là ne gorge pas ses poumons, ne circule pas en lui. Au milieu, un champ de possibles restreint, et tout ce dont il se sent incapable prend plus de place que le reste. Ces nœuds qui le lient à Camille, il ne les doit qu'à elle. La détermination de Camille à vivre une histoire, et son désir intime de la vivre avec quelqu'un qui n'en est pas capable. Jérémy lui en voudrait presque, de l'aimer de cette façon, avec l'envie de le changer et de faire de lui un bonhomme acceptable. *Je peux pas croire que tu ne vois rien, Camille. Qui je suis. Qui je ne suis pas. Je peux pas croire que tu m'aimerais si t'avais conscience que tout ça n'est pas négociable, mes peurs, mes doutes, mes angoisses : elles sont plus fortes que toi.*

Camille voudrait qu'ils ressemblent à ces couples qui naissent d'un matériau rare, et elle s'évertue à faire ce qu'il faut pour ça ; à l'opposé, Jérémy ne veut rien reproduire de ce qu'il a connu, et c'est pourtant ce qui s'installe de plus perceptible entre eux. Il est la mauvaise terre, pour trois quarts en jachère. Quelles que soient les graines, les saisons ne sont jamais les bonnes. La pousse est aléatoire, et quand il se délie c'est pour faire de la boue. Il enlise des herbes folles, des tiges grotesques, des graines tarées, des champs de bizarrerie, qu'il recrache à moisson. Ses récoltes, il les assène, il cultive le dégât.

Jérémy se redresse dans le lit. C'est l'heure pour lui aussi d'aller se préparer. Il a reculé le plus possible le moment de se lever, pour éviter de devoir discuter avec Camille de la nuit qui vient de s'écouler. Il l'entend qui s'affaire dans le salon, de l'autre côté de la cloison. Il reste planté là, comme si rien dans son corps n'arrivait plus à se déployer. Il fixe le réveil. Les minutes défilent et l'écart se creuse encore entre ses habitudes et lui. Il est déjà en retard. Et bizarrement, là, ça n'a pas d'importance, des enjeux qui ne sont pas les siens.

Il ne sait pas pourquoi il a cru passer au travers. Au travers de son histoire et de ses vérités. C'est comme s'il avait été enfanté à chaque nouveau mensonge, multipliant les trajectoires, si bien qu'aucune n'était vraiment la bonne. Il ne sait plus qui il est, à force. Le garçon qui a perdu sa mère, celui dont la mère s'est suicidée, une raison supplémentaire de mourir, le fruit d'un abandon, un futur père à l'identique, incapable, qui disparaîtra à la moindre occasion. Il ne sait plus ce qui parle pour lui, plus ce qui a voulu cette vie, et si les détails qui la composent méritent le moindre effort.

Il se faufile jusqu'à la salle de bains, sans un bruit. Il ferme la porte doucement derrière lui. Il pense à ce moment où il a fait l'amour avec Camille. Il y pense de manière médicale, sans tendresse. Il pense à ce bébé qui cherche peut-être son chemin depuis. Il fouille la trousse de toilette de Camille. Il compte les opercules crevés sur sa plaquette de pilules. Il répète le chiffre en comptant les jours sur ses doigts. Juste pour être sûr. Il recompte les pilules, une nouvelle fois refait le décompte des jours. Ce bébé, est-ce qu'il pourrait déjà être là ? Peut-être qu'elle lui ment elle aussi. Peut-être que le dégoût est réciproque entre eux. Hier soir quand ils ont fait l'amour, ils ne se sont pas embrassés, leurs regards se sont fuis, leurs visages mangeaient et léchaient des kilomètres de peau, juste pour s'éviter. Il a eu du mal à venir, et elle s'acharnait sur sa queue comme si le désir de jouir ne lui appartenait plus. Qu'il fallait qu'il le fasse, qu'il fallait que ça vienne à l'intérieur d'elle et englue la peine qu'elle trouvait à être dans ses bras. Ils ont fait l'amour l'un *contre* l'autre. Quand il s'est retiré, il a cru la voir pleurer.

Camille passe la tête par l'entrebâillement de la porte. Jérémy aperçoit d'abord son visage, prudent et en alerte, avant que les traits ne s'étirent et dessinent un sourire. Il a eu le temps de cacher la plaquette sous une serviette. Elle se rapproche, l'embrasse sur le front, caresse son bras. Jérémy sait qu'il faut que des mots sortent de sa bouche. Qu'il faudrait lui parler. Elle lui demande s'il a bien dormi. Il répond que oui, que tout va bien. Camille termine de se préparer devant le miroir, Jérémy demeure sur le côté. Malgré lui il scanne son corps, à la recherche d'une rondeur inhabituelle.

Camille scrute chaque imperfection dans le miroir. Du bout de l'index, elle ajoute un peu de fond de teint sur une rougeur. Ça semble si facile, de masquer les choses qui ne vont pas. Mais Jérémy ne voit plus que ça, lui, les choses qui ne vont pas. Il doit lui dire que c'est terminé. Qu'il a décidé de la quitter. Mais les mots ne viennent pas. Quand il veut lui en parler, il sourit et l'embrasse. Alors il se le répète intérieurement. Aujourd'hui il faut le faire. Ce matin, ce soir, il faut le faire. Parce que ce n'est juste pour personne. Un jour elle ouvrira les yeux et elle lui en voudra d'être ce qu'il est. Elle le détestera. Il n'y aura pas de fin tranquille, pas de mal pour un bien, il n'y aura que des larmes, des cris et puis des coups.

Mais les mots ne sortent pas. S'agirait là, tout de suite, de formuler autrement qu'en bêtes maux de ventre et digressions banales, s'épargner les réflexes habituels. Avec le temps, c'est comme si le corps assimilait différemment les sensations : les douleurs sont devenues organiques, liées dans la chair ; la solitude dans les veines, banale oxydation. C'est l'asphyxie qui le guette, dans ces trous d'air bizarres. Dès qu'il est question de dire la vérité à

Camille, tout s'éteint au-dedans et il n'y a plus que des zones mortes à l'intérieur de lui.

Il se gratte le front en cherchant ses mots. Elle lui dit qu'elle l'aime. Il enfonce un peu plus loin au fond de sa gorge les mots qui blessent et font mal.

Je sais, Camille, je sais que tu veux y croire. J'essaie de contourner, repousser, dévier. Mais tu n'oublies pas. Et ce bébé, je sais que tu y penses tout le temps. C'est comme si tout ce qui sortait de toi nous ramenait à ça. Est-ce que je peux te parler simplement et te dire que je ne veux pas de ce bébé ? Est-ce que tu le comprendrais ? Te regarder et te dire qu'il faut que tu t'en ailles. Que je ne veux plus vivre, non, que je ne veux plus vivre.

Il retourne dans la chambre. Quelque chose le maintient au sol. Une force venue de très loin en lui. Il fait semblant d'être occupé dans le placard de la chambre, tandis que Camille réunit ses affaires pour partir. Elle lui lance « À ce soir », et il lui répond que oui, à ce soir. Je t'aime. Moi aussi. Mais ça ne fonctionne plus.

Sur le chemin du boulot, il fixe par la fenêtre du métro les morceaux de tunnel qui se cognent. Successions de décors sans emboîtements logiques. Dans chaque visage, chaque regard qu'il croise, il voit sa mère, bien sûr, continuant de tracer des lignes entre les croix de celle-ci et les siennes. Autour de lui, les interactions fusent. Des élans de vie auxquels il reste parfaitement hermétique. Un simple spectateur de ce monde. Pour Jérémy, cette facilité-là à se lier au mouvement, à en faire partie, s'est arrêtée net à l'adolescence. Les signes extérieurs de vie rêche n'ont cessé de se multiplier ensuite.

La mort de sa mère est un deuil impossible, chronique. Jérémy a pris sur lui et n'a plus jamais desserré les dents.

Mais la lutte est permanente, souvent mal dirigée. Le manque d'elle s'est délayé dans ses gestes, dans la moindre inspiration, s'incrustant jusque dans les endroits les plus reculés de ses poumons, de son organisme. Il l'a ingéré à un stade moléculaire, comme si son ADN l'avait assimilé. Jérémy est devenu ce manque, il n'est plus capable que de partager ça. Il le transpire, il le suinte, il le crache, il le sécrète, il l'éjacule, et ça ne comble rien chez les gens qui l'approchent. Son amour est stérile.

Il n'y a plus en lui que des zones mortes et condamnées. Il n'y a plus de vie, non, plus de vie. Depuis ce jour, il garde l'idée de mort comme une issue à tout. Quand les choses deviendront trop pesantes. Quand il n'aura plus de contrôle sur cette masse noire qui progresse dans son esprit. Et ce bébé, matériau de vie pur, une incandescence. Il n'y survivrait pas. Toutes les lumières de ce petit être feraient paraître les ombres encore plus grandes à l'intérieur de lui.

Tandis que les stations défilent et que les gens autour de lui se disputent pour un strapontin, il relit pour la énième fois cet article dans *20 Minutes*. Le journaliste y consacre un gros titre : des études américaines se sont penchées sur la question du suicide comme une donnée organique. L'obscurité laisse une empreinte à l'intérieur de soi. Elle se fond littéralement dans le corps. Un simple impact et les jeux sont faits. Peu à peu, l'organisme apprend à ne plus lutter, à ne plus se défendre avec autant d'application. Il intègre progressivement l'idée d'abandon, comme si les idées noires avaient pris le contrôle en interne, milice implacable, le poison. Les maladies se multiplient, le système immunitaire s'affaiblit, les pensées définitives, la fin est programmée, le compte à rebours lancé. Il suffit de le souhaiter une fois, d'appeler la mort de toutes ses forces, pour qu'elle réponde à l'appel dans les années qui suivent. On ne meurt pas dans la seconde, simplement elle reste là, ne quitte plus tout à fait les lieux. Elle est un souffle derrière le souffle, une pensée derrière la pensée, un soupir derrière le soupir… Elle demeure là, tapie, attendant le moment où l'emprise sera telle qu'il n'y aura plus qu'à prononcer la sentence. Un renoncement lent et progressif à toutes les forces vives.

Plus Jérémy s'éloigne du souvenir de sa mère, plus il s'en rapproche. Il voit sa détresse désormais. Celle qui l'a poussée à se tuer. Elle est dans les ombres qui rampent la nuit au pied de son lit. Dans celles qui grimpent le long des murs et dont il peine à décrocher les yeux en cherchant le sommeil. Dans ces morceaux d'obscurité, distillés çà et là, ces moments où les frontières ne sont plus perméables entre ce monde et lui. Cette détresse dont il a hérité, c'est ce qui le constitue le plus, finalement. Le point de rupture, la cassure. Il ne fait que répéter des mensonges, jusqu'à ce que sa gorge ne puisse plus cracher que des adieux à toutes les sensations de vie. Parce que s'il devait être honnête avec Camille une seule seconde, il lui dirait simplement que c'est joué pour lui. Qu'il ne veut plus vivre, non, qu'il ne veut plus vivre.

Au plafond, la tache a continué de croître. Les appels et les mails qu'il adresse à son proprio pour régler le problème restent sans réponse. Jérémy pourrait se coucher sur elle à présent. Elle est comme une nappe déployée pour l'accueillir. Large, longue, elle se déroule sur plus d'un mètre et demi de sinuosités beiges et de cloques qui gonflent et déforment la couche de peinture.

Au fil des mois, Jérémy apprivoise sa présence. Il a cessé de la craindre. Quand Camille n'est pas à l'appartement, il s'allonge sur le sol et l'observe. Si enfant il s'étendait dans l'herbe et passait des heures à chercher parmi les nuages ceux aux formes d'animaux magiques, aujourd'hui c'est sur la tache qu'il projette un étrange bestiaire. Elle est devenue familière, une ombre chinoise qui matérialise le vrai en lui, une projection de ses griffes, de ses crocs, de ce qui chez lui suinte, cloque, se fendille et menace de s'effondrer. C'est là devant lui. La vérité qu'il faut s'efforcer d'accepter. Que rien ne se résorbe, rien ne s'arrange. Au contraire, ça se diffuse, ça prend plus de place, ça le recouvre lui aussi.

Sa dépression ne fait qu'empirer depuis des mois. Elle échappe à son contrôle. Il essaie de se débattre, des sursauts désespérés, mais elle s'étend au-dessus de sa vie et de celle de Camille. Comment tu attrapes sous la peau l'endroit de toi qui ne fonctionne plus ? Comment tu le répares ? Il saisit son portable et appelle une nouvelle fois son assureur, à croire que la réponse qu'il cherche se trouve ici, dans l'idée fixe de réparer ce sur quoi il a prise. Le palpable. Le tangible. Cette foutue tache au plafond dont il décide que c'est terminé, que ça suffit, que ça doit disparaître, et qu'après ça ira mieux, qu'il retrouvera la force de faire semblant. Mais tandis que la boîte vocale énumère les options, Jérémy suffoque en retenant ses larmes, rien n'indique la touche sur laquelle appuyer pour un dégât de soi. Jérémy sent bien que personne ne peut saisir l'envergure du problème. Il raccroche. Le découragement est aussi soudain que le courage est éphémère. Il fixe à nouveau la tache. Est-ce qu'elle a continué de grandir durant ces quelques minutes ? Elle semble plus grande à chaque clignement de paupières. Rien ne peut l'arrêter.

QUATRE

JÉRÉMY

La soirée s'est déroulée dans le silence, sans qu'ils reparlent de ce foutu bébé. Sans qu'ils parlent de rien d'ailleurs. Ils ont mangé devant la télévision, le son poussé au maximum tolérable. Un bruit de fond comme un second écran entre eux deux, aucun vide dans lequel s'engouffrer. Jérémy n'a pas décroché les yeux des images. Il avait peur qu'un simple échange de regards soit matière à discussion. Il avait peur d'ouvrir la bouche et que les reproches fusent, les phrases définitives, comme autant de raisons d'éclater l'un à la face de l'autre.

Camille est restée là, muette, à tripoter le lobe de son oreille avec le pouce et l'index. Une habitude quand elle est contrariée. Jérémy, lui, s'est contenté d'être froid et distant, la tendresse en retrait au profit de mauvaises manières. Assez pour semer le doute, la malmener encore davantage. Qu'elle oublie ce bébé, cet avenir ensemble.

Ils ont passé la soirée l'un à côté de l'autre, telles deux statues muettes à l'entrée d'un temple. Chacune avec ses secrets et des pans de l'histoire. Des heures à faire semblant, à attendre le sommeil. À attendre la nuit pour enfin retrouver forme humaine.

Jérémy se relève dans le noir, sans faire de bruit, il ne veut surtout pas réveiller Camille. Le corps glisse, comme si le sommeil terminait de manger les perceptions. Les pieds au sol, tout continue de tanguer. Il longe le mur, la main tâtonne sur le côté de la porte à l'extérieur, à la recherche de l'interrupteur. Il allume la lumière du salon, Camille apparaît, assise dans le canapé, un verre entre les mains. Jérémy sursaute. Il n'avait pas vu qu'elle avait quitté le lit, à croire que chacun multiplie les techniques pour s'effacer peu à peu de la vie de l'autre. Il est vexé, d'abord. Puis se sent finalement un peu con de terminer sa course à côté de Camille, dans le canapé. Son corps bégaie des gestes maladroits, gêné. Elle le dévisage froidement, phrasé métallique :

— Tu dors pas ?

— Toi non plus ?

— Non, je réfléchis.

— À quoi ?

Jérémy pose la question machinalement, et son ventre vrille déjà. Camille lui répond :

— Ce bébé, toi et moi, on sait que t'en veux pas.

Elle continue de le fixer, il se tait, frotte son visage d'une main pour essayer d'en redessiner chaque trait. S'agirait là, maintenant, de trouver l'expression adéquate, celle qui mettrait un terme à cet immense gâchis. Mais il reste là, à chercher en lui quelque chose qui est déjà devant, sous ses yeux, s'il était seulement capable de le voir. Les larmes de Camille. Elle ne décroche pas son regard de Jérémy, elle voudrait qu'il voie le mal qu'il peut lui faire. Alors, après quelques secondes sans réaction, elle lui demande sèchement :

— Regarde-moi.

Et quand il finit par tourner la tête, c'est pour la baisser aussitôt. Camille vient de se prendre l'échec de leur relation en pleine face. Jérémy attendait ce moment, il fallait que ça vienne, que Camille abandonne. Il n'aurait pas eu la force de la convaincre qu'il n'y a rien qu'elle puisse faire, rien qui puisse à nouveau tenir debout. Il l'observe se décrocher de lui.

Elle pleure et les larmes drainent les déceptions, la colère. Jérémy est assis, les mains ballottent entre ses genoux. Il essaie de fixer son attention sur le froid qui court le long de ses jambes. Or le froid est partout, sous la peau, et loin dans le mental. C'est glacé au-dedans. Il ne sait pas quoi faire qui soit rassurant et doux pour apaiser la chose. Camille ne mérite pas cette peine qu'il lui cause, Jérémy le sait. Il s'accroupit devant elle. Il caresse son visage. Elle pleure dans la paume de sa main, à la recherche de chaleur. Il n'ose plus bouger. Aucun mot ne sort de sa bouche. Il sait que c'est terminé. Qu'il a eu ce qu'il voulait. Camille qui se résigne. Camille qui va quitter sa vie.

Et plus il faut qu'il parle, et plus tout se retient. Elle ouvre un œil vers lui. Il tord la bouche, écarquille les yeux, un désarroi de bonhomme comme on voit dans les films, il sait qu'elle trouve ça touchant chez lui, cette incapacité, précisément, à être une réponse à quoi que ce soit. Elle lâche un rire fragile, en secouant la tête.

— J'aurais dû…

— Ne te reproche rien, Camille.

— J'aurais dû réagir plus tôt.

Il caresse son visage à nouveau. Sans s'avouer que ce sera pire ensuite, si la tendresse s'en mêle. Il lui dit que ça va aller, que c'est mieux comme ça. Qu'il foire tout, que c'est même étonnant qu'elle soit restée avec lui si longtemps, lui qui ne la mérite pas. Et les phrases toutes faites s'enchaînent, sans que Camille semble avoir de prise dessus. Elle est loin, ailleurs, et puis d'un coup, là tout entière, quand elle lui crache :

— Jérémy, tu ne comprends pas… Je suis enceinte.

La déflagration est telle qu'il se fige net. Quelque chose de lui défile sans qu'il y pige rien. Un arrêt sur image inutile se fait sur sa vie. Sauf que tout brûle, à cet instant précis, dans sa tête, dans sa poitrine, dans son ventre. Un feu, et pas d'issue de secours. C'est une incandescence, la vie au-dedans.

Camille lui sourit, ce n'est pas de la joie, plutôt du dégoût. L'ironie de la situation. Elle tape sur son épaule, trois petits coups, doucement.

— Et ça, il faudra qu'on vive avec, toi et moi.

Elle se lève du canapé. Fin de la discussion. Jérémy est là, immobile, plus rien ne s'emboîte, l'impression que le cœur va s'arracher de sa cage thoracique. Il essaie d'attraper la main de Camille, mais elle ne se retourne pas, « Je suis fatiguée, on en parlera plus tard… », et ferme la porte de la chambre derrière elle. Jérémy se retrouve seul, à genoux sur le parquet du salon.

En temps normal, Camille aurait tout mis en œuvre pour arrondir les angles, et elle aurait réussi. Mais ce n'est plus un moment normal de leur vie, juste une longue et lente déchirure qui donne aux événements cette tournure grave et pesante que Jérémy a appelée de ses vœux. C'est l'étendue du fragile entre eux qui devient consistante et dure. Une habitude de gens seuls qui se portent l'un l'autre et qui s'ennuient à la longue, fatigués de feindre.

Jérémy ne quitte pas des yeux la porte de la chambre. Il sait qu'il devrait rejoindre Camille, lui poser toutes ces questions qui traversent sa boîte crânienne telles des fusées de détresse. Des questions, il en a plein. Mais ne lui vient qu'une banale mélancolie, impossible à satisfaire, inconsolable et souveraine.

Jérémy s'assoit sur le canapé. Il sait que Camille ne s'endormira pas avant de longues heures, à retourner le truc cent fois, à chercher quoi faire, à penser au bébé, au temps perdu à ses côtés. Et pour lui ce sera pareil. Quelques mètres les séparent. Ça a toujours été ça, la clé de leur histoire. Un décalage impossible à combler. C'est le mal qu'ils se font, leur routine. Il n'y a pas de mauvais chemin, pas de mal pour un bien. Les coups et les douleurs, ça ne se discute pas.

Le moment est venu de dire oui. *Oui, tu as raison. Oui, arrêtons là. Séparons-nous. Oui, c'est impossible nous deux.* Mais aussitôt il repense à l'enfant. Son égoïsme, oui, il ne lui épargne pas.

Jérémy entend Camille qui pleure de l'autre côté de la porte. Il s'enfonce dans le canapé, remonte le plaid sur ses jambes, puis s'en défait. Il ne tient pas en place. Ses gestes deviennent confus, comme si l'esprit se dissociait lentement du corps, toutes ses perceptions tendues vers la porte de la chambre et ces sanglots sonores qui ne s'arrêtent plus. Il sait quels seraient les bons gestes à aligner : se lever, la rejoindre, présenter des excuses, tenter de la faire rire, la ramener près de lui. Pourtant il ne parvient pas à se réenclencher, se sent vraiment minable de lui faire subir ça. Elle ne le mérite pas. Il ne la mérite pas.

Il oscille entre la fatigue et ce truc rigide qui le maintient éveillé, et rien ne se dilue dans son corps pour apaiser le nœud. Juste cette impression d'être une chose minuscule au milieu d'un grand tout, errant dans des kilomètres de doutes.

Il ferme les yeux, se concentre sur les images d'un film où tout va très vite, où rien ne reste statique, et ses pensées s'essoufflent lentement. Il ne trouve pas le sommeil, se réveille pour un rien, avec dans la bouche cette masse pâteuse qui lui rappelle les larmes de Camille, et avec la fatigue tout s'amplifie bêtement. Tout du long il espérait qu'un je-ne-sais-quoi se réveille en lui, que Camille parvienne à provoquer une impulsion d'avenir plus forte que tout le reste. Mais il a reculé, avec cet air désinvolte qui lui donne chaque fois envie de s'arracher le visage. Il court dans tous les sens, et la moindre main posée sur la sienne lui fait peur et l'éloigne. Seul, sans Camille, sans personne à présent, il va redevenir cette chose hésitante et craintive qui espère qu'on la serre fort en trouvant les bons mots, mais qui envoie les signaux contraires. Il espérait qu'on le répare, qu'on lui indique le réglage. Il espérait réduire cet écart douloureux entre les autres et lui. Est-ce seulement possible ?

Jérémy se recroqueville sur les coussins du canapé. Un gamin un soir d'orage. Il se creuse encore, pense à sa mère. Il aurait tant voulu qu'elle lui apprenne à aimer la vie, que son souvenir ne soit pas juste fait d'aspects de ce monde à détester. Face à tout cela, il n'est plus qu'un petit garçon, mais il est grand maintenant, plus rien n'excuse sa maladresse. Et ce bébé dans le ventre de Camille, ce bébé ne tolérera pas la moindre erreur.

Les bras encerclent les jambes. Les genoux remontent contre la poitrine. La tête se recroqueville. Le corps prend sa forme de plainte. Jérémy peine à penser, sans cesse un hoquet remonte à sa conscience, comme si de minuscules gravas déformaient le sillon. La moindre ondulation se répercute par ricochets. Une plainte malade filtre entre ses lèvres. Au-dedans la machine souffre de la même acoustique déficiente : rien n'est plus compréhensible. Les battements du cœur tournent en dysharmonie, alors que dans les poumons l'air pulse en bouffées saccadées. Les membres s'engourdissent et s'il s'étourdit, c'est pour mieux revenir à cette sensation de mort imminente qui le rattrape. Les yeux sont vissés dans leurs orbites et Jérémy contemple le vide imposé. L'angoisse partout.

Visage contre le coussin, Jérémy pleure à grosses larmes. Il ne voit pas la porte de la chambre s'ouvrir. Il ne voit pas Camille revenir dans le salon, s'agenouiller près de lui. Il est incapable de fournir le moindre effort pour relever la tête. Il essaie, elle retombe. Camille caresse ses cheveux, se serre contre lui, sans parler. Attendre que ça passe.

Comme elle l'a toujours fait. Malgré la peine, une force en elle continue de se tendre vers lui, de vouloir le mettre à l'abri, le protéger de lui-même. Jérémy la regarde, elle lui sourit. Du maquillage coule le long de ses joues. Elle caresse son front, et sa voix doucement rétablit l'harmonie de la partition, « ça va aller, calme-toi… ».

Jérémy sait le mal que ça lui fait. Chaque fois il attire Camille dans une solitude qui ne lui appartient pas, et à la longue elle y perd des morceaux d'elle. Le malaise de Jérémy est du crépi, ceux qui s'y frottent s'y arrachent d'infimes particules, des miettes d'âme, il s'inflige à eux par un crachin discret, involontaire mais bien réel. À son contact le cœur de Camille s'est constellé de brèches inconsolables.

Jérémy pose la main sur le ventre de Camille, qu'est-ce qu'il espère ressentir ? Quelques centimètres sous sa paume, quelque chose de plus grand qu'il ne l'a jamais été est en train de se battre pour venir à la vie, et il est incapable d'en percevoir le plus petit frémissement. Lui, juste ce mec prompt à saboter le miracle. Camille l'aide à se redresser, essuie ses joues trempées de larmes. Elle lui dit qu'il faut dormir, qu'ils sont tous les deux fatigués. Ils ne savent pas ce qu'il restera de tout ça demain matin, quand ils ouvriront les yeux. Est-ce que Camille se souviendra avoir voulu elle aussi que tout cela s'arrête ? Et dans la même foulée que

Jérémy a douté vouloir qu'elle s'en aille ? Plus de cohérence entre eux. Et cette nouvelle vie, comme un négatif de l'ancienne. Rien à garder.

Camille regagne la chambre. Jérémy s'arrête à la salle de bains. Il veut se passer de l'eau sur le visage. Il veut souffler, juste une minute. Il laisse couler l'eau du robinet, tandis qu'il cherche des cachets dans la boîte sous le lavabo. Il doit bien y avoir quelque chose pour dormir. C'est tout ce qu'il veut, dormir. Trouver enfin un moment d'apaisement, un moment c'est tout. Il tombe sur deux boîtes de Xanax qu'il avait gardées. Sa mère, combien en a-t-elle avalé pour que les sensations reculent avant sa mort ? L'envie de renouer, un instant, même furtif, avec le calme au-dedans. Il avale un cachet, peut-être deux. Mais rien ne vient. Il retourne dans le lit. S'allonge en tournant le dos à Camille. Et là, dans le noir, il se remet à pleurer sans faire de bruit. D'ici, il ne perçoit plus que le manque. Un manque sans fondement, élémentaire, comme d'avoir le ventre qui se creuse.

Les remous ne tardent pas. Les larmes qui montent forment une écume épaisse, ce sont des marées d'angoisses qui le frappent en pleine gueule. C'est comme se tenir sur le bord de la plage et être fait de sable, les vagues le désagrègent et c'est l'effondrement, quasi instantanément. La peine se nourrit de la peine. Le vide se nourrit du vide. Il n'est plus que grains de sable et moments de fracas.

Il se redresse dans le lit. Il serre dans sa main la plaquette de médicaments qu'il a posée sur la table de nuit. Il gobe un autre cachet. C'est du dégoût qui s'ingère, et ça ne soigne rien. Pas cette insensibilité tenace qui trouve son sens dans la plus prompte des solitudes : résolument chimique, tristement contrôlée. Comme si le vide à l'intérieur, conjugué au vide à l'extérieur, pouvait digérer quoi que ce soit.

Les minutes défilent, ou peut-être ce sont des heures. Il reste immobile, prostré dans le lit, les dents serrées, mâchoire crispée. Et la voix de Camille qui tremble à son oreille. Jérémy ferme les yeux.

Quand Jérémy les rouvre, il est étendu sur le carrelage de la salle de bains. Il a fermé le verrou, il ne bouge plus. Il ne sait pas comment il est arrivé là. Un état second. Des boites vides. Camille frappe contre la porte. Il crie, comme si les cris renvoyaient les coups de Camille contre la porte. Une discussion de sourds. Jérémy gueule des mots incompréhensibles. Un débit de paroles qu'il ne contrôle pas. Et là encore, en pleine lumière, la nuit a des formes irrégulières. Le cœur devient gouttelettes et suspensions, telle une peine qui se condense. Ça sature la poitrine, alors il crache des larmes à l'arrière-goût désagréable. Il continue d'avaler un cachet, puis un autre, puis un autre. Pourtant, tout demeure froid sous la peau : rien ne se console. Il grelotte, tremble, les frissons sont devenus une nature première, les courants d'air ont lézardé sa structure. Alors il geint plus fort, il pleure plus fort. Il a peur que le monde se soit figé ainsi : un moment de bascule qui ne vient pas. Plus il crie, plus Camille s'escrime contre la porte, et plus l'esprit devient rigide, matière à se rompre. Les dents se vissent les unes dans les autres, les battements des artères dans les tempes achèvent de lui fendre le crâne, comme s'il dégueulait du front un flot de pensées crasses et asphyxiantes. Sa tête cogne contre le carrelage. La salle de bains entière s'abat sur lui. Les doigts s'engourdissent, puis les mains, puis chaque extrémité de son corps, comme un froid progressif. L'apaisement est précaire, une seconde et ça repart, persistant sur la peau, par des sensations d'engourdissement qui le mangent de bout en bout, alors la peau il l'arrache, et les os il les brise, et tout n'est qu'un amas, de bris d'os, de lambeaux de peau, de substances mortes et poisseuses, boyaux éclatés et particules non identifiables. Ça gît dans une bave magenta, et ça trouve encore moyen de geindre. Comme si la chose avait trouvé sa respiration, branchies bizarres dans la liquéfaction.

Dans ce chaos, il entend la voix de Camille. Il ne comprend plus rien de ce qu'elle dit. Il perçoit des voix derrière la porte. Le mental ne fabrique plus que du vide et du froid, des espaces creux. Il avale des plaquettes et des plaquettes de médicaments qui sont tombées de la boîte à pharmacie. Si ça ne le soigne pas alors il faut que ça le tue. Son front cogne à nouveau contre le carrelage.

La porte s'ouvre, Jérémy ne parvient pas à relever la tête. Du blanc s'articule autour de lui. Il repense aux ombres qui ont jalonné sa vie, tous ces gens qui n'ont jamais été que furtifs, que de passage. Et dans ce flot ininterrompu de pensées sales il aperçoit sa mère qui lui sourit, elle est là, assise à côté de lui, lui caresse les cheveux avec tendresse. Pourquoi ça a pris tant de temps ?

Une sirène d'ambulance. Des flashs de lumière gobent les rétines. Crépitements visuels et sonores. Une effervescence que les blancs délimitent, il bute dans les interstices, et ça reprend encore, encore. Des secondes. En compte à rebours. La vie s'aiguise dans un bruissement sommaire, un condensé bref. Ils le raniment. Jérémy sent leur science labourer son corps. Des appareils obstruent sa bouche. Jusque sous les paupières. Tout se révulse. Chaque sursaut des pupilles sous leur lumière suffit à rallumer la mèche. Tout ce qu'il est se nourrit d'une chimie de mort lentement diluée. « On le perd ! On le perd ! » Lui ne ressent rien. Ce décrochement. Ce départ. Ça ne ressemble à rien. Il se détache du corps. Du dessus il croit les voir qui s'affairent sur un tas de viande. Une faible résistance. Tout tient à peu de choses. Vivre. Ou mourir. Quand ils posent les plaquettes du défibrillateur sur sa poitrine, une première décharge le fait redescendre. La voix « Allez monsieur, vous devez bien avoir une raison de vous battre ! », mais le film ne se déroule pas. Tout est noir.

*

Jour. Nuit. Comme un cliquetis bizarre. Jérémy s'est réveillé à l'hôpital, avec une méchante douleur dans le ventre, la trachée. Une sensation désagréable qui s'étend jusque dans le crâne.

Allongé sur son lit, il peine à se remémorer ce qui l'a conduit là. Chaque fois qu'une personne du personnel se présente à lui, il parle d'une voix calme et douce. Il a peur de ce qu'il aurait pu faire. Peur que tout le monde voit les ténèbres qui transpirent de chaque pore de sa peau.

Camille n'est pas là. Il n'y a personne. Il s'attend à ce que d'une minute à l'autre un visage familier franchisse la porte. Son père. Madeline. Et en même temps il redoute de devoir expliquer quoi que ce soit. Le cœur ne bat plus que par lentes convulsions, une agonie : des élans d'abandon et des valses tranquilles. Le silence autour, et le froid, et la peur. L'idée de mort qui ne quitte plus son esprit. Des présences comme des fantômes, des ombres. Il est tellement fatigué qu'il peine à garder les yeux ouverts. Une infirmière lui explique qu'ils lui ont donné quelque chose pour se reposer. Qu'il doit dormir, fermer les yeux. Mais s'il ferme les yeux, est-ce que ça l'emportera ? Il ne saurait pas dire s'il fait jour ou s'il fait nuit. Autour de lui il fait noir. Autour de lui, c'est le vide. Tout lui dit qu'il est mort, alors pourquoi a-t-il si mal ? Une infirmière, encore. Elle lui donne deux comprimés. Il avale ces bouts de nuit, qu'il digère à peine : des relents désagréables qui ne formulent aucun sommeil. Juste un trou noir.

Jour. Nuit. Toujours cette sensation. Quelque chose en lui ne cesse de s'interrompre, un court-circuit. Il continue d'amasser des informations, par bribes. Il n'est pas certain de parvenir à tout retenir.

On le garde dans le service psychiatrique. Le médecin lui a expliqué qu'il est en observation, comme si eux, plus que lui-même, pouvaient parvenir à faire le tri de toutes ces émotions dans sa tête. L'amas est tel dans le conduit mental que plus rien ne passe, ni la joie ni le désespoir. Il rigole et il pleure. Ne sait pas s'il doit se réjouir d'être en vie, ou tout du moins quelque chose qui s'y apparente. Il demande à parler à Camille et la seconde d'après demande à ce qu'on l'empêche de venir le voir. D'une minute à l'autre les perceptions sont différentes. Il déteste cet endroit, tout ce qu'il y a de mal en lui semble s'y être solidifié.

CAMILLE

Camille pose la tasse de café devant Madeline.

— Tu veux du sucre ?

— Non, merci.

C'est froid et c'est cordial. Rien de très naturel. Telle une scène où chacun connaît son rôle mais a perdu ses répliques, Camille et Madeline prennent position, attendant que la première murmure à l'autre ce qui lui permettra d'exister sous le grand projecteur.

Camille s'assoit en face d'elle, sans trop savoir comment enclencher la conversation maintenant qu'aucun prétexte ne l'entraîne plus aux quatre coins de l'appartement. Elle est encore surprise de se trouver seule avec la sœur de Jérémy.

Depuis qu'ils sont ensemble, elle ne l'a rencontrée qu'une fois, au début. Un dîner qui avait mal tourné. Jérémy ne ressentait jamais le besoin des repas du dimanche, il ne parlait pas beaucoup de son père et de sa sœur. Le strict minimum n'était pas suffisant pour qu'ils existent un peu.

Camille ne sait pas grand-chose sur elle : Madeline est mariée. Elle est podologue Elle n'a pas d'enfant. C'est tout. Elles sont deux étrangères, familières sans rien savoir l'une de l'autre.

Et rien ne les rapproche. Même là à l'abri des regards, c'est inconfortable.

Avec le temps, Madeline a perdu tout de la lumière qu'elle essaie de simuler, avec ses jolis habits, ses beaux bijoux. Elle transpire un malaise qui rappelle Jérémy, mais dans les contours tristes. Quand elle parle de lui, Madeline est froide et sèche, un peu trop brutale :

— Les médecins ont dit quoi ? C'est quoi le problème, cette fois ?

— Jérémy est en dépression.

— C'est pas nouveau, il est en dépression depuis sa naissance.

— Ton frère ne va pas bien, Madeline.

Madeline ne répond pas. Elle prend sa tasse de café et la porte à ses lèvres, lentement. Elle est cette femme qui refuse toutes les fragilités, rigide à l'excès, alors que tout d'elle traduit l'effondrement. La peau fine et pâle de son visage creusé, ses cheveux clairsemés, l'eczéma qui recouvre ses doigts, comme si tout de ce qu'elle pouvait saisir de la vie alentour devait brûler sa peau.

Camille attend. Elle attend que Madeline s'inquiète, multiplie les questions sur l'état de santé de Jérémy, mais rien ne vient. Pourquoi est-elle là ?

Madeline pose sa tasse, le regard noir, comme si Camille l'avait énervée, juste en se tenant là, inquiète pour Jérémy, sans donner l'impression de se soucier d'autre chose.

— Je suppose qu'il t'a parlé de notre mère ?

— Oui rapidement, ton frère n'est pas quelqu'un qui se raconte beaucoup.

— Mon frère ? Pas quelqu'un qui se raconte beaucoup ?

Madeline a ce petit rire qui dit tout du mépris qu'elle ressent pour lui. Pour l'attention qu'il suscite. Pour l'amour que Camille lui porte. Tout des jugements qu'elle retient, là, derrière cette image de femme sereine et simple qu'elle s'épuise à vouloir donner. Mais ses gestes la trahissent, la façon nerveuse dont elle tord ses doigts, la position hautaine de son corps, alors qu'elle est assise ici, dans la vie de ce frère dont elle refuse d'admettre qu'elle ne le connaît pas, qu'elle a tout loupé de lui. Camille renchérit :

— Avec Jérémy on a eu des moments difficiles et…

— Oh je n'en doute pas, Jérémy n'a que des moments difficiles. Je le connais par cœur, c'est comme ça depuis toujours.

Madeline crache les mots avec ce qu'il faut d'acidité pour montrer ce qu'elle en pense sans avoir à développer. C'est sévère au sortir de ses lèvres. À la compassion attendue s'est substituée une colère froide qui ne s'avoue pas, en embuscade derrière un rictus discret. Madeline croit n'avoir que des certitudes, éprouvées et sincères, mais ce qui l'habite au fond ce ne sont que des reproches. Elle les habille, les déguise, les rend présentables, mais ça n'en demeure pas moins ces gémissements pathétiques de petite fille bête trépignant pour que le monde ne soit que ce qu'elle en décide. Elle y voit clair, c'est tout, elle en est convaincue.

Camille essaie de la détendre :

— Et… Tu as fait le voyage seule ? Ton mari n'est pas venu avec toi ?

— Ah non, j'en ai assez de ce spectacle permanent autour de Jérémy. Hors de question que je mette Sébastien au milieu de tout ça.

Au milieu de tout quoi ? De ce qui la rend maintenant si méchante et fragile ? Madeline a toujours pensé être la plus forte, la plus apte à se construire en dehors de leur histoire, celle qui survivrait coûte que coûte, qui vaut mieux que ça. À la mort de leur mère, elle s'est jetée tête la première dans ses études, elle a tout misé sur l'après, sur l'ailleurs, sur l'autre part. Quelque chose d'elle s'est enfui pour espérer survivre. Elle parle de son frère comme si elle savait tout de lui, alors qu'elle ne l'a vu devenir un homme que par correspondance, sûre de connaître l'essentiel en ne le croisant que quelques jours dans l'année. Or elle ne sait rien de Jérémy parce qu'elle ne s'y est jamais intéressé, lui reprochant de se montrer distant alors qu'elle l'évite. Jérémy, ce matériau incandescent qui ravive les douleurs et qu'il faut plonger dans la source froide de l'indifférence pour tout durcir de lui, que plus rien n'éclabousse, ne déborde, ne vienne salir l'illusion d'une petite vie chiante et parfaite à laquelle Madeline tient tant.

De la rancœur, de la colère. Mais aussi et surtout de l'envie et de la jalousie. Madeline l'a observé de loin, toutes ces années, souffrir et ressentir. Jérémy en est capable, lui : extraire sa douleur et faire que chacun la voie. Il peut l'attraper sous sa peau et la brandir comme on se saisit du parasite avant qu'il ne ronge la chair. C'est pesant à vivre sans doute, pesant d'assister au désastre, et en même temps sans se l'avouer, elle envie ça chez lui. Il a ce pouvoir, à force de nuit de larmes et de désespoir ami, de plonger dans les ténèbres et de savoir en revenir. Il retrouve invariablement son chemin, là où Madeline vit dans la peur de se perdre en déviant du moindre millimètre.

Et tandis que Jérémy brûle d'un feu que rien n'éteint, Madeline, elle, est faite du froid et d'une banquise indolore et figée, tout s'est pris dans ses glaces, tout s'est endormi. Mais si Jérémy peut le dire, si sa souffrance à lui peut s'exprimer et s'étaler devant lui, alors c'est la preuve au moins qu'il est vivant. Il est celui qui a survécu, pas elle. Pas Madeline. Elle est morte au-dedans, noyée dans son dégoût, dans sa peur, étouffée de mirages qui ne suffisent plus à cacher sa misère.

Elle n'est pas une grande dame, elle est toute petite. Son jeune frère est maintenant devenu immense, et elle le déteste pour cela. La place vraie et sincère qu'il a prise dans d'autres vies, ailleurs. Le plan de Madeline a échoué : empressée de filer sur son canot de sauvetage, elle a coulé, seule. Aujourd'hui, elle n'a pas le métier qui la branchait, n'a pas épousé le type qui était fait pour elle, et ne peut que se le reprocher. Il faudra continuer de faire semblant.

— Madeline, pourquoi tu es venue ?

Et la question semble aussi incongrue à Camille quand elle la pose qu'à Madeline qui l'écoute. Madeline essaie de répondre, mais perd aussitôt cette assurance bêcheuse et s'entortille dans ses mots. Pour répondre à cela, il faudrait que Madeline puisse regarder les choses en face. Mais elle n'y parvient pas. Elle n'arrive pas à dire que cette peine est un peu de la sienne, qu'elle y vient parce que ça l'appelle, que ça résonne en elle. Qu'elle voudrait, juste un peu, être capable de s'abandonner comme Jérémy. Et que telle un vautour, une hyène affamée, elle vient se repaître du corps encore chaud, de la dépouille, de ce qui dans cette douleur demeure encore comestible.

Mais elle est là, avec ses bonnes manières qui ne trompent que le milieu où elle évolue à présent, à faire croire qu'elle n'est pas affamée, pas là pour dévorer ce qu'il reste de son frère dans l'espoir de devenir, au fond, un peu de lui et de ce qui le libère. Elle sourit à Camille :

— Je ne… je ne comprends pas ta question.

Mais Camille n'est pas comme Jérémy, au contact des autres elle ne retourne pas les armes contre elle, elle ne se réfugie dans aucune douleur. Quand elle doit dire elle dit, quand elle veut parler elle parle. Alors elle regarde Madeline droit dans les yeux. Madeline n'est rien pour elle, et Camille a dans son ventre la seule chose qui compte : l'enfant de Jérémy. C'est cette vie qu'elle protège, elle et toutes celles qui lui sont essentielles.

— C'est gentil d'être venu prendre des nouvelles, mais je pense que tu devrais y aller.

— Comment ça, mais… Camille, je…

— Je vais te raccompagner, Madeline. J'ai de la route pour aller voir ton frère.

Madeline se raidit, de cet élan de pierre digne des statues. Même là elle continue de faire semblant, insiste pour poser sa tasse dans l'évier de la cuisine, lâche que c'est joli ici, qu'ils sont bien installés. Elle pousse Camille à l'écœurement, lui fait la bise, lui assure qu'elle peut l'appeler si elle a besoin.

Elle s'immobilise dans l'entrée, quand elle voit Camille se caresser machinalement le ventre. Des yeux ronds qui parlent pour Madeline sans qu'elle ait besoin d'ouvrir la bouche. Elle a tout de suite compris.

Camille va pour lui expliquer :

— Ah… Oui, je suis…

Madeline ne lui laisse pas le temps, elle lui lance à bientôt, un peu trop vite, un peu trop brutalement, elle tourne les talons et s'en va, dans un silence qui est la seule chose vraie qu'elle est encore capable de donner d'elle. Un silence et le vacarme de ses pas dans la cage d'escalier.

JÉRÉMY

Jour. Nuit.

Chaque heure est réglée selon un emploi du temps précis. Repos. Traitement. Discussion. Repas. Une infirmière passe régulièrement vérifier comment il va. On lui a apporté un téléphone après lui avoir posé de nombreuses questions, afin d'être bien sûr qu'il n'essaiera pas de se pendre avec le fil. Un vertige étrange en tentant de répondre au questionnaire. Il a décroché le combiné, il ne veut pas que son père l'appelle, il ne sait pas si Camille l'a prévenu. Il reste enfermé dans sa chambre, ne se mélange pas aux autres patients.

Le médecin lui explique que son cœur s'est arrêté de battre, un bref instant, dans l'ambulance qui l'amenait à l'hôpital. Jérémy est soulagé de l'entendre. Finalement, il avait trouvé ce moment de répit, un bref instant où tout s'est arrêté. Il ne pense pas à la mort, il est simplement là, il respire, incapable de dire si c'est ce qu'il veut ou pas. On a lavé son estomac. Sa gorge est encore irritée, la faute au tuyau qu'on a déroulé en lui à son arrivée. Des jours après il sent encore dans son ventre le poids de l'eau qu'on y a déversé. Le torrent tiède qui a emporté la chimie amassée dans son corps. En partant, le médecin lui remet une lettre de Camille. Elle commence par « Mon amour » et finit par « Je t'aime ».

Tout ce qu'il retient, tout ce qui a un sens, c'est qu'elle commence par « Mon amour » et finit par « Je t'aime ».

Jour. Nuit.

On l'a aidé à retrouver ses repères : une semaine qu'il est ici. Les perceptions se sont déliées, ne persiste qu'une drôle de sensation de ridicule : quand les infirmières l'approchent il en fait trois tonnes dans la politesse et la normalité, comme s'il fallait fournir des preuves qu'il n'est pas le type cinglé qu'elles s'imaginent, qu'il ne va pas rester longtemps. Mais ça l'épuise, la moindre discussion prolongée avec le psychiatre du service, le moindre échange soutenu avec le personnel, et le cœur s'accélère, comme si le débordement n'était jamais loin. Il sort dans le couloir : des gens marchent, ils portent tous cette même tenue grotesque. Et plus Jérémy les regarde, moins il voit de différences entre eux et lui. De retour dans sa chambre, il pleure en continu, depuis son arrivée ici il n'avait plus rien ressenti. Il crie, il hurle, il renverse les meubles. Il ne sait pas pourquoi il fait ça. Quand le personnel de garde arrive, Jérémy articule chaque fois : « Ne lui dites rien. » Il ne veut pas que Camille sache. Il demande aux médecins qu'on interdise les visites prévues le lendemain, il ne veut pas que Camille le voie, pas l'abîmer davantage. Attaché au lit par des sangles en tissu, il lui écrit une lettre dans sa tête, commençant par « Mon amour » et finissant par « Je t'aime ». C'est tout ce qu'il veut : être la réponse à quelque chose, être un écho à cet amour. Sa façon à lui de reprendre le fil.

Jour. Nuit.

Camille est venue. La voix du médecin est faussement chaleureuse, à chaque question supplémentaire de Camille il regarde sa montre. S'agirait qu'elle ne monopolise pas trop de temps. Camille s'intéresse, essayant de comprendre comment agir du mieux possible, comme si cet épisode n'était qu'une simple donnée de plus à intégrer au mode d'emploi de sa relation avec Jérémy.

Jérémy l'observe essayer de mettre le doigt sur les choses importantes, de ne passer à côté de rien qui puisse être utile pour la suite. Assis en retrait, il se rend bien compte qu'elle est en première ligne. Il se nourrit de ses élans, il l'absorbe, la digère. Bientôt il ne restera plus rien d'elle.

Jérémy prend son ordonnance et sort du bureau, soutenu par Camille. Il traîne son malaise dans le parc de l'hôpital tandis que Camille règle les détails administratifs. Elle est muette, une ombre. Le soleil est écrasant. Dedans s'alignent des vertiges, proportionnels à l'angoisse qui se déploie. Il espérait quelque chose qui tenait du miracle : aucun traitement n'adhère à la chose, c'est difficilement récupérable, il commence à comprendre.

Assis sur un banc, Jérémy voit Camille marcher vers lui, le long des massifs de fleurs bordant les chemins du parc. Elle arrive à sa hauteur, se penche pour embrasser son front. Il constate seulement à ce moment-là à quel point son visage a perdu de sa lumière.

— Je vais te laisser te reposer.

Jérémy retient sa main. Camille s'assied à côté de lui, sur le banc. Elle parle et Jérémy ne bouge pas. Rien ne s'anime chez lui quand elle lui donne des nouvelles du bébé. Elle lui raconte que tout va bien, que les médecins affirment qu'il grandit bien. Elle le dévisage, il tourne la tête en desserrant ses doigts. Il ne la regarde pas s'éloigner en direction du parking. Il est paralysé. Il ne ressent rien. Camille et lui vont avoir un bébé. Un bébé dans ce chaos-là. Un bébé, comme un fracas de plus. C'est cette solitude qui s'intercale désormais entre les élans de Camille et les siens.

Jour. Nuit.

Le psychiatre lui a dit qu'il avait l'air d'aller beaucoup mieux, qu'il n'y a plus de raison de le garder. Jérémy ne lui a pas parlé du bébé. Il ne veut pas en parler, pas le faire exister. Il a cette impression d'avoir repris corps, lentement, même s'il est incapable de mettre le doigt sur ce qui a changé depuis son arrivée, à part que les médicaments ont tout endormi. Il ne parvient pas à évaluer le temps qu'il a passé ici. Il sait que ça se compte en semaines. Mais les conséquences dans ce qu'il appelle le réel lui sont étrangères. Son boulot, Camille, il ne sait pas dans quel état est le monde qui l'attend derrière les portes de l'hôpital. Sans cesse il bute contre la vitre.

Jérémy signe les papiers de sortie. Camille s'accroche à son bras, elle le garde près d'elle. Jérémy s'étonne des feuilles qui jonchent le sol, alors Camille lui répète, d'une voix plate et monocorde : ça fait deux mois que tu es là. Il devine un petit ventre entre les plis de son manteau. Elle réajuste celui-ci en croisant le regard de Jérémy. Il reste collé à Camille. Il ne pourrait pas s'éloigner même s'il le voulait : les médicaments le clouent au sol, un pan de lui s'est immobilisé. Le sang ne pulse plus dans ses veines que pour tenter de contourner les zones mortes, là où la sensation de vie s'est éteinte.

Dans l'allée qui les conduit au parking Camille lui demande de quoi il a envie, ce qui lui ferait plaisir. Ils ne parlent pas de ce qui est arrivé, de leur relation, du bébé. Ils continuent de faire semblant. Semblant que rien n'a éraflé leurs vies et détruit le peu de choses qu'ils auraient pu préserver. Semblant que tout ira bien, même quand ce fracas d'eux sera venu au monde. Dans la voiture, Camille tourne la tête vers Jérémy au moindre geste qu'il fait, comme s'il allait ouvrir la portière et sauter de la voiture en marche. Ses « ça va ? » sont comme des couvertures, chaudes mais étouffantes. Jérémy n'a plus rien à répondre. Chaque fois ce même sentiment désagréable lui vient : cette distance, infime, dans les élans de leurs corps. C'est ce décalage-là qui le relie au monde à présent, comme si le malaise s'était étendu au-delà de Camille. Les paysages défilent. Elle lui propose d'aller déjeuner quelque part.

— Je suis un peu fatigué, on peut manger à l'appart plutôt ?

— Oui, bien sûr, comme tu veux.

— T'es pas obligée de faire comme si de rien n'était, Camille...

— Non mais déjeuner à la maison ça me va...

— Je ne parle pas de ça.

Camille s'arrête de répondre. Quelques secondes seulement, cesser de faire semblant. Ses gestes deviennent brusques. Elle gare la voiture sur le bas-côté. Ses mains ne quittent pas le volant. Elle est en suspens, tête baissée, elle reprend son souffle. Puis elle éclate en sanglots. Mécaniquement la tendresse se repositionne entre elle et lui. Jérémy lui caresse les cheveux. Ils ne parlent pas. Ils restent l'un contre l'autre, à ne trouver aucun refuge rassurant et serein. Jérémy ne sait pas quoi dire. Les pensées sont difficiles à aligner :

— Je suis désolé… Je…

Elle ne réagit pas.

— Camille, excuse-moi.

Elle renifle. Ils se soutiennent un moment, figés, en silence. Quand elle se redresse, elle essuie les larmes sur ses joues avec le bout de sa manche, tourne la clé de contact.

— On n'en parlera plus.

— Si, il faut qu'on en parle.

— Non, Jérémy : on n'en parlera plus.

Les syllabes sont claires. Camille a reposé les bases de leur histoire. Elle embraie, passe la vitesse. Et Jérémy se cale au fond du siège. Tout a repris sa place. Mais il sait qu'il suffit d'un rien. Ça joue sur la résistance tout du long, et puis ça lâche. Il ne se réjouit plus, il sait qu'il n'y a aucun fil à couper, aucune chance de passer au travers. Le mécanisme ne se déjoue pas, ou alors c'est le reste autour qu'il faut désamorcer.

Il ne sait pas si l'amour est un effet secondaire. Il ne sait pas si la peur est un effet secondaire. Il ne sait pas si le doute est un effet secondaire, pas plus qu'il ne sait si l'envie, le besoin, l'entrain, ou le fatalisme le sont. Il ne sait pas si ce qu'il ressent est un espace intermédiaire, un flottement pas décisionnaire.

Il redoute ça.

Quand il prend Camille dans ses bras une part de lui recule, parce qu'il sent l'ensemble qui s'affaisse : avec les doses de médicaments qu'il avale, est-ce que ce qu'il ressent lui appartient encore quand il lui dit « Je t'aime » ou est-ce seulement l'alchimie du mensonge et des secrets ?

L'exil se dilue lentement dans son sang. Sa lâcheté gît dans de petits compartiments, par doses calibrées. Cinquante milligrammes, parfois plus. Elle s'avale avec un peu d'eau plate, sa posologie est minutieuse, il l'applique comme une mathématique froide, chaque comprimé s'additionne au malaise. Maintenant la chimie fait plus que jamais partie de ses gestes, de sa voix, de ses pensées. C'est Jérémy qu'il faut approcher selon les doses prescrites désormais. Ce qui s'intercale entre Camille et lui se lit sur les ordonnances.

CAMILLE

Les vapeurs d'eau chaude ont laissé sur le miroir une buée épaisse quand Camille sort de la douche. Elle passe le plat de sa main dessus, lentement, essayant de ne pas faire de bruit. Dans le reflet du miroir, Camille regarde son ventre. À huit mois de grossesse cela demeure à peine visible. À croire que le corps suit la litanie de ses mots, toutes ses prières prononcées en secret pour que le bébé ne prenne pas trop de place entre Jérémy et elle. Sur les échographies, c'est un bébé minuscule mais en bonne santé. Il est calme, ne s'agite pas. Parfois, Camille se réveille la nuit, en le cherchant sous la peau. Un simple coup de pied, de poing. Mais elle ne sent rien, la paume plaquée à la surface de son ventre. Le bébé demeure ici, en sommeil, il sait se faire discret. Est-ce qu'il sait seulement qu'il est le bienvenu ? Est-ce qu'elle a pris soin d'assez le lui répéter ? Elle a de ces peurs irrationnelles. Elle a fait des recherches, surtout les premiers mois. Jusqu'à combien de semaines l'enfant peut-il se décrocher d'elle ? Peut-il choisir de se laisser mourir ? Un fœtus peut-il se suicider ? Elle s'en veut d'avoir tapé toutes ces questions dans le moteur de recherche. C'est comme si la part fragile de Jérémy s'était logée en elle, et qu'elle avait la responsabilité d'apprendre à aimer vivre à ce petit bout de lui. Elle a vu grandir dans son esprit la certitude que la vie de l'enfant et celle de Jérémy sont liées. L'un dépend de l'autre et elle doit tisser un lien vivant pour l'ancrer dans ce monde. Alors elle le protège. Déjà, elle donnerait sa vie pour lui, tout de son existence. Est-ce que ça a du sens ? L'ensemble de ces trajectoires imbriquées, comme un grand tout à sauver.

Elle ne se sent plus seule, aussi petit qu'il soit le bébé occupe un espace laissé vacant de longue date. Elle fait grandir dans son corps un horizon de lui.

Nue devant le miroir, elle caresse son ventre. Le bébé ne bouge pas. Est-ce qu'il ressent ça ? La douceur qu'elle essaie de transmettre à travers le vide qui les sépare. La façon dont elle parle plus doucement qu'avant pour ne pas l'effrayer. La lenteur de ses gestes, toutes ses précautions. Le bébé ne bouge pas, jamais. Il s'est caché en elle, sans un bruit, comme de peur d'en être délogé. Sa gynéco lui a dit de ne pas s'inquiéter, qu'il y a des grossesses plus tranquilles que d'autres. Les mois ont défilé sans malaise, sans nausée, sans complication. Parfois, dans les journées chargées, elle oublie quelques heures qu'elle est enceinte et s'en souvient comme on se rappelle un tatouage. C'est réellement comme s'il avait toujours fait partie de Camille, qu'elle avait été conçue pour abriter la vie fragile.

Camille avait toujours tout détesté de ces femmes faites pour être mères, qui semblaient n'aspirer à rien d'autre, celles pour qui c'était inné, magique et tellement naturel, tous ces articles sur la maternité, ces femmes qui d'instinct savaient comment la vivre. Mais elle sait que c'est autre chose. Ce n'est pas la maternité qui lui semble évidente, pas l'absolue désir d'être mère. Non c'est ce bébé, juste ce bébé. Ce poinçon de sa vie à l'endroit si précis où il a été frappé. Au creux de tout ce qu'elle était pour Jérémy, et tout ce qu'il était pour elle. Camille avait sa propre histoire, avant de croiser Jérémy. Ses désirs, ses limites. Mais tout de ce qu'elle imaginait a volé en éclats. L'amour, c'est l'antidote aux certitudes. « Tomber amoureux », ça dit tout du vertige et de la confusion. Cette naissance serait le croisement de chacun des chemins qu'elle a empruntés, la réconciliation de ces différentes vies qu'elle aurait pu avoir. C'était le bon endroit. Celui où tout l'avait menée.

Mais tandis que les doigts parcourent les vergetures qui lézardent ses flancs, elle ne sourit pas. Elle devrait se réjouir, être heureuse. Dans un mois à peine sa grossesse sera terminée. Une fin pour un commencement. Le début d'autre chose. Ça irait si elle pouvait partager cela. Mais elle n'en parle pas. Ni à Jérémy ni à personne. Elle reste factuelle : les dates, les rendez-vous chez la gynécologue ou l'obstétricien. Elle se tait, elle en raconte le moins possible. Le psychiatre du centre a dit à Camille qu'il fallait y aller doucement, par étapes, que l'arrivée du bébé pouvait aussi provoquer une rechute chez Jérémy, un violent contrecoup. Elle laisse les autres décider. De ce qui est bon et de ce qui ne l'est pas. Pour elle, ce n'est pas important. Ce qui compte, c'est de marcher en regardant le ciel, de laisser le soleil traverser les branches et réchauffer sa peau, d'apprécier les saveurs qui la rendent joyeuses, c'est de dormir contre Jérémy, qu'il s'abandonne et l'enlace. C'est d'aimer, de rire, de ressentir encore. Elle s'affaire à cela, cette collecte discrète de joies simples et d'instants tranquilles. Tout ce qui peut s'infuser à travers elle pour remplir cette modeste existence et lui donner le goût de cette vie qui s'offre.

En passant rapidement, Jérémy aperçoit la tache au plafond du salon. Elle s'étend sur presque trois mètres. Les auréoles beiges se sont assombries pour laisser une empreinte couleur rouille qui dessine un trait droit en travers. Autour, des métastases brunes et orange se déploient, ici peut-être une tête, et là peut-être un bras. Un double de Jérémy se trace péniblement dans la matière sale. Il est plus grand, il parvient à bouger, c'est invisible pour les autres mais les mouvements sont là, étalés sur des jours, la nuit quand tout le monde dort le pantin s'articule. Jérémy peut la deviner, prête à prendre sa place, cette créature qui l'a regardé vivre, s'est nourrie de lui, s'est habillée de ses non-dits, elle qui est née de sa petite misère. Comment faire la différence entre eux ? Comment les distinguer ?

Jérémy n'est plus constitué que de ça, c'est lui qui bientôt crachera des particules de plâtre craquelé, son sang n'est déjà plus que cette eau usée, chargée de rouille et de pierre que personne ne parvient à comprendre et à contenir. Il est l'océan de fuites, l'amas de pièces défectueuses, il est la chape de béton prête à s'abattre sur ce qui vit près de lui. Quand il examine la tache, il ne voit plus que lui. Une pensée malade est capturée dans le plafond, une ombre fantôme.

C'est là qu'est sa vérité, la seule définition sensée qu'il peut donner de lui. La tache recouvrira bientôt le plafond entier, ni les murs ni le sol. Un jour, quand elle sera suffisamment gorgée de Jérémy, elle se décrochera et prendra sa place. Camille n'y verra que du feu, elle ne comprendra pas. La tache ira au travail, elle fera le dîner, elle lui fera l'amour, et quand elle en aura marre, elle dévorera encore, elle avalera le reste, elle s'étendra partout, jusqu'à devenir Camille, jusqu'à devenir le bébé, et jusqu'à ce que tout autour d'elle ne soit plus que cloques et fissures incontrôlables.

La tache n'aura plus de fin. C'est pour bientôt, elle est déjà partout.

CINQ

JÉRÉMY

On croit que quand la machine cale, rien ne la redémarre. Un point de contact qui ne se fait plus. Plus de prise, rien qu'on puisse saisir. On essaie, alors que c'est foutu, la panne est totale. On s'attend à demeurer immobile et à l'arrêt pour toujours.

Mais le mouvement, lui, est partout. Sans cesse le décor tangue, un millier de détails raient la surface de l'œil. Et si le corps s'est figé, l'esprit, lui, est ballotté d'avant en arrière, de gauche à droite, du dessous vers le dessus… Et la marche reprend, d'une façon ou d'une autre, comme si rien d'immobile ne pouvait réellement exister. La vie retrouve elle aussi son cours, sans vrombissement, sans pétarade, juste en nous berçant au fil de l'eau. Retour au port.

Jérémy regarde par la fenêtre, inspire profondément. Il ne sort plus trop de l'appartement, trouve un réconfort calme à ces murs qui l'empêchent de prendre de la vitesse. La grossesse de Camille s'est déroulée sans bruit. Jérémy n'a pas vu l'angoisse croître davantage. À ses collègues de boulot, il a simplement parlé d'un burn-out. Le congé longue maladie lui permet un retour en douceur dans le quotidien. Les interactions avec les autres sont ponctuelles, plus supportables. Mais ça lui demande un effort, de vivre. Chaque matin, quand il ouvre les yeux, Jérémy cherche sa respiration loin au fond de lui.

C'est pas si difficile, mourir. Oui, c'est vivre qui réclame un effort. S'accrocher, faire bonne figure, mentir aux autres, se tenir là, au milieu d'eux, droit et le souffle clair, sans suffocation, sans soupir. Sans donner l'impression de trouver ça pesant, les sourires vides qu'il faut redessiner sans cesse, tous ces masques à lustrer pour qu'ils soient beaux et brillants.

L'abandon est simple, lui. Comme un effondrement. On laisse chaque morceau de soi tomber au sol. On ne les redresse pas. On ne relève rien. On attend, juste, que l'agonie s'achève, les yeux tournés vers ailleurs, sans formuler le moindre geste qui sauve, ni la plus petite parole réconfortante.

Vivre est une inquiétude qui ne s'apaise pas. Une démangeaison. Alors on gratte, et on gratte encore. À la recherche d'une sensation plus forte que les autres. D'une raison qui justifie qu'on s'inflige ça.

On ne trouve rien. Le plus infime morceau de soi à ciel ouvert, on ne trouve rien.

Vivre, c'est courir après l'espoir d'être vivant, accepter en soi une faim que rien ne peut éteindre. S'essouffler à croire, vouloir, à demeurer dans le mouvement. Mais les chances sont minces et les miracles n'arrivent pas : on vit les uns au détriment des autres, on se mange, on se dévore. C'est la jungle ici, c'est lutter qui nous tue.

Cette vie-là, qui nous pousse à la fin, quoi qu'on fasse, quelles que soient les forces qu'on y passe, les événements, les victoires. Vivre nous tue, sans oser nous le dire.

La mort ne nous raconte pas d'histoires, elle. Elle est partout, il suffit de l'attraper. Chaque matin quand il se rase et que la lame glisse le long de la carotide. Quand la semelle de sa chaussure ne relâche plus la pression sur l'accélérateur de la voiture. Quand il se tient près du rebord, et qu'un rien manque pour que le corps tout entier soit avalé par le vide. Tout est létal autour de nous, chaque habitude, chaque besoin. C'est la mort qui nous convoite, qui nous veut, qui nous appelle, bien plus que la vie qui se dérobe sans cesse et qu'il faut sans cesse chercher à rattraper.

Vue de loin, elle est séduisante cette vie, pleine de serments, d'envies et de désirs. Mais si on plisse les yeux, que l'on s'attarde sur les détails, si on se rapproche d'un peu trop près, on voit à quel point elle est moche et méchante. Des mensonges plein les jours qu'elle égrène. Des promesses qu'elle ne tiendra jamais.

C'est vivre qui nous tue, oui.

C'est vivre qui nous tue.

Parce que l'on souffre et elle s'en fout, cette vie, que l'on s'accroche ou non.

Vertigineux, le nombre de bébés qui naissent chaque jour, prêts à nous remplacer si l'on cède sous les défaillances et les manques.

Où est Camille ?

Camille, j'ai besoin de toi. Pourquoi je suis seul ici ? Et pourquoi t'es pas là pour m'empêcher de me faire du mal comme ça ?

Il ne pense plus qu'au bébé que Camille porte dans son ventre et qui va naître d'une semaine à l'autre. Il y pense comme à un bouleversement, comme s'il allait se désintégrer tout entier dedans.

Camille a vécu sa grossesse sans un mot, se contentant de laisser traîner les échographies sur le coin de la table. Jérémy ne s'est inquiété de rien, il n'a pas voulu savoir. Une fois de plus, il n'a rien fait pour courir après la vie, pas cherché à réduire la distance qui s'est créée entre ce bébé et lui. Il est resté caché derrière le malaise, l'hôpital, les médicaments.

Il commence à peine à réaliser que Camille a vécu seule ce bonheur qu'elle espérait à deux. Prête à ne rien imposer. Prête à se caler sur lui, son tempo, au détriment du reste, d'elle et du bébé. Jérémy, lui, est convaincu qu'il finira par la quitter, même s'il a été incapable de le faire jusque-là et que la simple idée que ce soit elle qui parte le rende plus fou encore. Plus facile de mourir que de vivre ?

Pas tout à fait.

Abandonner Camille derrière lui serait une déchirure de trop.

Tout son être attend patiemment d'être remplacé par le bébé. Il va être annulé à nouveau, tranché dans le vif. Il sait déjà que le bébé va prendre toute la place, et qu'il attend ce moment.

Jérémy a détesté le bébé dès la première minute où il a appris son existence, aussi petit soit-il, suspendu au bout de son cordon ombilical.

Il a détesté qu'il le lie si fort à Camille, si fort à lui.

Si fort à la nécessité de se tenir là, vivant près de lui.

Détesté qu'il rende la possibilité d'un départ plus difficile. Une vie dans la sienne. Obligé de vivre et juste vivre.

Jérémy est contraint, à cause de lui, de toucher à ce que l'existence a de plus incandescent : lui, le mort, qui parvient à donner la vie.

Cette vie tu l'as stoppée, maman, tu l'as reprise, tu m'as annulé. Mais je suis là, et le cœur bat. Camille porte mon enfant. J'ai peur de vivre une vie qui ne m'appartient pas. Et pourtant, je sais que dans les mains de Camille, elle serait belle. Loin de toi, loin de vous. Je sais que près d'elle, il y a quelque chose de moi qui peut se reconstruire, reprendre, se réécrire.

Le bébé va naître. Un jour, il m'appellera papa. Je ne serai plus ton fils, maman, plus cette vie qui n'a pas compté pour toi au moment d'en finir, je serai plus que ça. Je ne serai plus ton fils, papa, je serai plus que ça. Je ne serai plus non plus ton frère, Madeline, je serai plus que ça. Comme si sur le grand échiquier, le pion le plus incompétent avait enfin sa chance de viser les diagonales, les lignes horizontales, les verticales, et d'avant en arrière, rien de définitif. Une nouvelle case à conquérir et qui redistribue la donne. Ça pourrait tout changer. Ils sont là le vrai point de départ, la vraie chance à saisir.

Une naissance.

Pour moi, pour lui.

Dans l'obscurité la plus profonde, la plus minuscule étincelle peut suffire à faire rejaillir la lumière, je vois bien comme ce bébé fait danser les ombres à l'intérieur de moi. Le bébé pourrait être la réponse à ce vide. Cette brèche que ce nouveau morceau de vie pourrait venir combler. Une suture. Un pansement. Je sais que c'est terrible de concevoir un enfant comme un remède, mais pourquoi on les fait sinon pour recréer un endroit à l'extérieur de nous où tout serait à nouveau réparé et possible ? Si la solution était là, dans cet élan vers l'avant, capable de m'emmener ailleurs. Comme si l'axe tout entier pouvait pivoter d'un quart de millimètre, s'arracher aux fondations. Ça peut suffire. Ça peut suffire oui, pour dévier une trajectoire. Une légère valse. Un petit tour, précis. Bien placé.

J'envisage la naissance.

La sienne, et puis la mienne.

Devenir père, comme devenir autre chose, une mue de l'âme vers un moi plus compact, tourné sur plus fragile. Une vie à préserver, matériau intact et tendre.

Un bref instant je m'envisage capable.

Je nous imagine, Camille et moi, puis le bébé au milieu de nous. Pourquoi pas ? Et si c'était une chance d'embrasser quelque chose de plus vivant en moi ?

Mais l'appartement est vide. Camille devrait être rentrée. Il aurait voulu qu'elle soit là. Il faut éviter la moindre rupture dans le flux de pensées pendant que tout tient à peu près en place. Un espoir trop fragile, qu'un rien peut faire vaciller. Une pichenette, une simple tape, et tout serait foutu.

Il appelle sur son téléphone, et ça ne répond pas. Chaque sonnerie dans le vide fait déborder le vase.

Il fixe la porte d'entrée : aucun son dans le couloir de l'immeuble ne promet son retour. Il lui laisse des messages incendiaires. Bordel mais c'est pas possible. Les larmes lui montent aux yeux : il est arrivé quelque chose à Camille. Tout se précise dans sa tête, il déroule un scénario de trois tonnes, qui pèse de tout son poids sur son mental.

Camille est morte. D'une minute à l'autre le téléphone va sonner, ce sera l'hôpital, ils lui diront de venir vite, et qu'ils n'ont rien pu faire pour elle.

Après, seulement, il pense au bébé. Il a mal dans la poitrine, comme si le cœur avait rompu d'un coup : la structure est fragile, chaque vibration du myocarde appelle l'effondrement.

Il visualise l'enterrement, sa vie sans Camille est une succession de moments froids, encore. Il sature son répondeur. Il attend à la fenêtre.

Des images cognent en interne : Camille qui crie, Camille inconsciente, Camille est morte, encore, encore, encore. Elle aussi a cessé de le faire exister. Il appelle une nouvelle fois.

La clé tourne dans la porte. Il se retourne. Elle rentre. Des sacs de courses. Il se raidit. « Tu foutais quoi ? » « Bah, des courses. » « Jamais tu réponds aux appels ? » « Tu m'as appelée ? » « Laisse tomber. » Pendant qu'elle remplit le frigo, il efface les messages sur son répondeur. Ils dînent sans se parler. Ils regardent un film.

Camille l'embrasse, mais Jérémy n'est plus vraiment là. Elle veut faire l'amour, mais il est ailleurs, là encore. Elle s'endort sur le canapé. Il reste un long moment à regarder son ventre monter et descendre en cherchant à évaluer la part de lui dans cette magie.

Ils se couchent dans le lit. Jérémy n'ose plus rien dire, il aurait peur d'élever la voix, de crier. Tout à l'heure il a cru que Camille avait tranché le fil. Qu'elle s'était décidée à partir. Cette solitude tellement prompte à rejaillir de lui pour liquéfier le monde autour.

Le bébé est par là, quelque part sous la peau. Jérémy aimerait lui demander pardon. Il sait que ça ne fonctionne pas ainsi. Pas si facilement. *Tu vas naître et puis quoi ? Comment croire que ça suffira ?* Il ne sait pas comment attraper l'instant présent, comment le prendre entre ses mains sans le serrer trop fort, sans le briser. Camille s'endort, épuisée, Jérémy se cale maladroitement contre elle. Il veut être assez près du bébé pour percevoir un mouvement, un frémissement, un signe de vie.

Pardonne-moi. Pardonne-moi d'être le prolongement d'une douleur qui n'en finit pas. Je ne veux pas que tu naisses et que tu ne sois qu'un trait qui suit la trajectoire d'un autre, à chercher à plier sans casser, mais que tout te conduise à ça. Je veux que tu sois plus qu'un nouvel habitat pour cette mélancolie, autre chose qu'un refuge à ce vide après moi, tellement plus. J'aimerais être capable de te donner le goût de vivre, d'aimer, de déformer les limites autour de toi. Je veux trancher le fil, pas celui qui me relie à toi, mais celui qui te ramènera à ça, inévitablement, la douleur dans laquelle je t'ai mené au monde, toute la peine qui a façonné mon amour bancal pour toi. Je me tiens là et je suis incapable de choisir entre ta mère et la solitude, entre la vie et la mort, entre toi et ce passé foutraque qui ne sert plus à rien. Tu n'es pas né, et tu as déjà toutes les raisons de m'en vouloir. Pardonne-moi d'être ce père qui pense à te laisser là, sur le bord des souvenirs, alors que ton sourire n'a encore rien effleuré de moi.

Doucement, Jérémy cesse d'en vouloir à sa mère. Ça dépasse son suicide. C'est de celui de Jérémy qu'il est question, cette mort lente et compliquée qui se traîne. C'est lui qui a décidé de faire vivre les siens dans ces ruines.

Il s'assied dans le lit, la peine se redresse, comme une structure osseuse qui se serait fondue tout contre lui. Et s'il se rallonge, il la sent qui s'affaisse sur sa cage thoracique, le contraint, l'oppresse. Alors il glisse au bord du matelas pour trouver sa respiration. Mais il n'y a que cette ecchymose qui lui barre l'esprit.

Camille et moi allons avoir un enfant. Et rien de ce que je ressens, rien de ce que je peux faire, ne va empêcher ça. Ce bébé qui va naître, comme un écho à ce cœur qui s'est arrêté de battre quand j'étais dans l'ambulance. La vie, toujours. Comme une réponse à tout.

Est-ce que c'est la finalité que j'ai loupée ? Ma mère, morte. Et moi vivant. Est-ce que c'est ça la seule vérité à retenir ? Et si le mensonge ce n'était pas moi mais cette histoire qui se raconte sans cesse ? Je n'ai pas survécu à ce monde, maman. Je t'ai survécu. J'ai survécu à ta peine, ton angoisse. J'ai survécu à ta mort, et à ce qu'elle a bousillé dans mon existence. J'ai survécu à tout ce que tu as abîmé, ce contre quoi tu as fracassé ton corps, tes os, ta chair et tes secrets. Mon cœur s'est remis à battre cette nuit-là. Je suis là. Et toi tu n'es pas là. Tu n'as pas cessé de me faire exister, maman, c'est toi seule qui es partie. Moi, je me suis donné une chance de vivre, de me construire, loin de toi, de ta détresse. Je comprends, à présent, pourquoi tu as voulu partir. Ce n'était pas un abandon : tu voulais que ce monde soit plus vaste pour nous qu'il n'aurait pu l'être près de toi.

Je suis seul à ce même endroit depuis trente ans. Seul, assis sur ma mort : c'est à moi seul de décider. C'est cohérent, ça n'appartient qu'à moi. Rien ne s'arrêtera de fonctionner, cette terre ne s'arrêtera pas de tourner. Si je choisis de mourir, je disparaîtrai, comme tu l'as fait. Un clignement et tout reprendra son cours. Loin de moi, loin de ma peine.

Mais le cœur a recommencé à battre. Il y avait ça au fond de moi, cet élan. Quelque chose comme une sensation de vie, qui m'a transpercé de part en part. Un lien. Un lien avec la vie, caché sous la peau. Et c'est plus grand que ce qui pourrait disparaître bêtement.

Depuis des mois, près de Camille, je vis ma fuite en avant, inarrêtable. Je vis ma course, mon obsédante et imperturbable quête de souffle. Je vis l'asphyxie. Mais elle est restée. Camille est là, maman. Elle n'est pas partie. Toi, tu n'es qu'un fantôme. Tu es absente. Tu es partie. Tout ça ne sert à rien, toutes ces nuits à s'arracher la peau pour te trouver en dessous, si c'est pour me coucher près de toi, dans la tombe.

Je sais que je ne suis plus seul, maman. Plus seul face à ce choix que je dois faire : vivre ou mourir. Pas vivre, non. Être vivant. Pas seulement respirer, manger, boire, me tenir debout. Mais savoir pourquoi c'est important de le faire, pourquoi c'est nécessaire. Cette vie qui court après moi plus que l'inverse. Cette vie qui me désire, m'appelle et a besoin de moi.

Jérémy caresse le ventre de Camille. Il la regarde dormir. La chaleur de son ventre rayonne dans la paume de sa main, comme si le bébé la caressait doucement à son tour.

Une raison de vivre, maman, j'ai enfin trouvé une raison de vivre. Je dois accepter la vie en moi. Je ne peux pas continuer comme ça. À ne pas savoir de quel côté de ce monde je me situe. Je dois faire un choix. Les yeux fixant ce point de néant à l'intérieur de moi, ce reste de toi qui frôle la panne moteur, je dois laisser venir à moi la fin de cette histoire.

La main de Jérémy cherche celle de Camille dans les draps.

*

Jérémy claque la porte derrière lui. Il est surpris par l'obscurité en posant ses clés sur le meuble de l'entrée. Les volets sont tirés. Il marche sur la pointe des pieds, persuadé que Camille a dû se mettre au frais dans la chambre pour se reposer. Les semaines ont passé et l'accouchement va avoir lieu d'un jour à l'autre.

D'un jour à l'autre.

Jérémy n'aurait jamais cru que ce moment arriverait. Dans le ventre de Camille, une énergie de vie telle qu'elle a abattu tous les obstacles, toutes les difficultés, concentrée sur la finalité de son grand œuvre, laissant les autres se débattre avec leurs doutes et leurs hésitations. Cette énergie-là n'en avait aucune.

Elle se prépare, elle arrive, elle est aux portes de ce monde.

Jérémy cligne des yeux plusieurs fois, les médicaments ont créé en lui une brume difficile à gérer en fin de journée. Mais il apprend à la maîtriser.

En posant sa veste sur la table, il devine une tasse. Le thé est froid. Au sol, un magazine, pages en vrac. Il appelle Camille dans l'appartement. Pas de réponse. Il sort le téléphone de la poche de sa veste, il l'avait éteint en arrivant chez le psy pour discuter du protocole de la fin de son traitement. Il le rallume et le jette sur la table. Les SMS et les messages sur son répondeur se mettent à pleuvoir, l'écran ne cesse plus de se rallumer, comme un mauvais gag qui n'arrête plus de se relancer.

Le même numéro, sans cesse.

Le portable de Camille.

Machinalement, Jérémy cherche près de la porte le sac qu'elle avait préparé pour la maternité. Il n'est plus là. Et dès le premier SMS, ces mots qui se répètent. « T'es où Jérémy ? », « J'ai besoin de toi », « J'ai perdu les eaux », « Le bébé, il arrive », « Putain, t'es où ? ». Camille est partie pour la maternité. Elle va accoucher.

C'était il y a cinq heures.

Et Jérémy n'était pas là.

Il titube et bascule sur le canapé. Assis, le téléphone dans la main, il ne lit plus les messages qui arrivent à intervalles réguliers, des contractions dans le mental. Ils viennent tous de Camille, ils disent tous la même chose.

Il est incapable de se lever. Le bébé.

Camille.

Et plus il cherche sa respiration, plus elle s'éteint, plus les forces s'annulent.

Le bébé. Camille.

D'abord les mains, puis les bras, puis cet engourdissement total dont il a pris l'habitude, mais que le médecin lui a appris à canaliser en respirant par le ventre.

Il n'est plus là, déjà ailleurs.

Dans la voiture, à accélérer pour la rejoindre, sauf que ses doigts s'enfoncent dans les coussins du canapé à la recherche de quelque chose de solide, quelque chose à quoi se rattraper.

Le bébé. Camille.

Dans le ventre, une série de chocs. Cette force le rosse. Cette sensation de vie s'est construite à l'envers de lui. Elle déploie toute sa panoplie de sensations et d'émotions. Tout ce que des années à se croire debout ont suffi à avaler de promesses et de maigres espoirs, comme si cet appétit derrière toutes les pensées sales et les envies d'abandon n'avait jamais cessé de croire et de croître.

Comme s'il avait enfin trouvé sa place, parmi les vivants, et qu'elle était là, devant lui, simple à prendre.

Camille. Le bébé.

Et Jérémy, à leurs côtés.

Le corps se redresse, et cette fois aucun poids ne le tasse. Jérémy se lève, attrape sa veste et son téléphone. Le reste est un enchaînement d'images qui claquent, comme un crépitement visuel. La porte. Le couloir. L'ascenseur. Le couloir. La porte. Le parking. La voiture.

Les yeux cherchant la sortie à travers le pare-brise, il a l'impression d'y voir comme en plein jour. Mais il fait nuit et il ne se rend compte de l'obscurité que lorsqu'il faut que ce monde se redessine dans sa rétine. Des couloirs de béton l'avalent, prêts à le recracher sous la lumière des réverbères quelques mètres plus loin. Il attrape son téléphone, il doit dire à Camille qu'il arrive et qu'elle ne s'inquiète pas. Mais le portable ne capte pas. Il ne veut pas qu'elle croie qu'il a disparu, qu'il a eu ses messages et qu'il a fui. *Non, Camille, je suis là, j'arrive. Ce bébé, toi et moi. Ensemble.*

Jérémy appuie sur l'accélérateur. Il veut être auprès d'elle.

Et toutes ces peurs qui dégueulent sur le pare-brise.

Il regarde au travers, s'en fout.

Derrière ces doutes, derrière ces ombres, derrière il y a la vie.

Sa trajectoire se fait à travers ça, une ombre opaque. Impénétrable. La nuit était comme à l'intérieur de lui, un espace de solitude, comme une suite de petites morts. Mais c'est le jour qui se lève.

Il veut croire que c'est le jour qui se lève.

Jérémy dévale les rues, les avenues. Elles se mélangent, les gestes s'alignent pour traverser la ville jusqu'à l'embranchement avec la voie rapide. Il passe la troisième, puis la quatrième. Dans chaque réverbère il voit le visage de Camille. Ses yeux sont remplis de larmes tandis qu'il entend sa voix lui répéter « Tu vas être papa. Je suis enceinte… », et qu'il repense à toutes les horreurs qu'il a pu lui dire. Ces choses horribles, qui ont piqué son esprit tant de fois.

Camille est à la maternité, Camille est en train d'accoucher.

Il faut qu'il arrive à temps, il faut qu'il soit là. La meilleure façon de prouver à Camille que ce bébé et lui, ça commence ici, maintenant.

Je vais réparer ton cœur Camille, je vais réparer ça, et tu ne pleureras plus la nuit, recroquevillée de ton côté du lit, en croyant que je ne t'entends pas. Et tu auras de l'amour, Camille, toi non plus tu ne seras plus seule.

Il va devenir père, il va être papa.

Cette vie se noue en lui, se tisse, comble les espaces où son histoire s'est déchirée.

Autre chose, il peut construire autre chose. C'est l'avenir qui se dessine en lui, cette promesse unique.

On va tout rebâtir, Camille.

Jérémy roule plus vite. Il veut arriver à temps pour soutenir Camille, prendre le bébé dans ses bras. Il se souvient comme il a eu mal en sentant sa chair sur le point de se lier à la sienne, en sentant sa vie se lier à celle d'une chose aussi minuscule. Sa nature profonde, lâche et égoïste, expulsait ce bébé à deux cents pulsations par minute, mais maintenant qu'il atteint les cent vingt kilomètres heure pour les rejoindre, c'est comme s'il avait rattrapé ce décalage entre Camille et lui. Il a comblé la distance.

Jérémy le sait désormais : il aime Camille autant que possible, avec ses fractures, ces absences au fond de lui, et tout ce qui l'a construit au fil des ans. Il vit avec elle depuis quatre ans. Il avait voulu la quitter autant de fois, mais il était resté là, en flottement près d'elle, la trouvant ordinaire, chiante et pas faite pour lui. Et en même temps tout le contraire. Et ça pouvait fonctionner comme ça : la vie était elle-même ordinaire, chiante et pas faite pour lui.

Il fallait accepter tout ce qui n'allait pas en elle, tout ce que cette vie avait d'injuste et de cruel, pour qu'elle devienne extraordinaire, fantastique et singulière.

« Tu vas être papa. Je suis enceinte… »

J'arrive, Camille. J'arrive et je vais être un père. Je ne serai ni l'abandon ni la fuite. Je ne serai pas un adieu.

Jérémy sourit, et des larmes de joie engluent son regard. Il attrape son portable pour tenter de l'appeler encore, joindre la maternité, lui dire qu'il arrive, qu'elle ne s'inquiète pas, qu'on la prévienne, qu'on la rassure, le bébé, le bébé.

Un virage qui ne finit pas. Crissement de pneus. Des visages apparaissent, une brève seconde. Il voit cet arbre. Cet arbre gigantesque, fermement ancré dans le sol. Et sa mère. Sa mère, immobile, au pied de l'arbre.

La pensée et les gestes se bloquent. Il ne sait pas s'il cherche à l'éviter ou à s'en rapprocher. Tout arrive beaucoup trop vite. Il ne tourne pas le volant. Il ne sait pas pourquoi. La voiture se fracasse contre.

Dix secondes.

Vingt secondes.

Trente secondes.

Soixante secondes, c'est le temps pendant lequel Camille reste suspendue, cette fois dans une crampe immense qui saisit tout son corps. Partout dans l'abdomen et jusque dans le dos. Elle s'inquiète pour le bébé, à chaque contraction, alors la sage-femme la rassure, lui répète que c'est normal, avec cette gentillesse agaçante qui donne l'impression qu'elle s'en fout. Camille retient. Elle attend Jérémy. Tout le monde est surpris que son corps ne réagisse plus. C'est comme si elle l'avait fermé à double tour. Elle est certaine que Jérémy va arriver. Elle inspire, elle expire, elle va prendre le souffle loin en elle, comme on le lui montre. Mais c'est tout, ça s'arrête là. Rien ne suit dans la chimie de son corps, rien ne se dilate, rien ne s'ouvre. Et sa tête roule de côté quand la douleur revient. Elle s'y était préparée, mentalement. Elle imaginait ce que ça serait. Mais maintenant aucune sensation n'est ce qu'elle avait prévu. Malgré elle, le travail s'est enclenché. Le corps s'agence et se transforme. Elle a cette sensation de prendre toute la place, de remplir la pièce, de faire trembler les murs, le sol, le plafond, chaque fois qu'elle bouge ou qu'elle parle. C'est comme si toute la maternité allait s'effondrer autour d'elle quand la douleur revient et qu'elle frappe le lit avec son poing. Et tandis que son esprit bascule d'un bout à l'autre d'une nouvelle contraction, elle visualise Jérémy qui se gare, qui court dans les couloirs, qui enfile les chaussons bleus pardessus ses baskets, qui cherche où elle se trouve, quelle salle, quelle chambre, qui fait tout pour qu'elle ne se sente plus aussi seule que maintenant.

Les perceptions se réalignent. Tout est devenu douleur. Impossible à déchiffrer. Le volant verrouillé dans le thorax. Jérémy ouvre la bouche pour gueuler et sitôt ses lèvres débordent d'une bave magenta dégueulasse. Il ne bouge pas, parce que la chair et le métal restent fondus l'un dans l'autre. Ça fait comme de s'arracher de sa propre structure osseuse. Il entend des cris, incapable d'y répondre, il a peur d'ouvrir les yeux. Les larmes soudent ses paupières entre elles, ça lui demande un effort surhumain pour parvenir à les ouvrir. Un accident ? Il écarquille enfin les paupières et voit du sang partout. Des branches. Elles traversent sa chair par endroits. Camille. Le bébé. La collision. Les médicaments. Cette brume, est-ce qu'elle est devant ou derrière les paupières ? Il entend une sirène, au loin. Camille. Le bébé.

Une caresse sur sa joue. La main de sa mère.

Non, maman, non. Tu peux repartir, je ne t'attendais plus. Je veux vivre, je suis prêt à vivre. Non, maman, non, il n'est pas trop tard. Camille m'attend. Le bébé m'attend. Quelque part dans une chambre de la maternité, Camille serre notre enfant contre elle. Elle m'attend, elle sait que je vais franchir cette porte, que je ne vais pas la décevoir. Camille croit en moi et en tout ce qu'elle a décelé de vie et de possibles dans mon cœur. Je dois vivre, maman.

Il suffoque.

Camille veut attendre encore un peu. Mais c'est déjà trop tard. Son corps s'est mis en mouvement. On lui parle d'ouverture de col et de dilatation, pendant qu'elle appelle Jérémy par-delà les voix qui l'environnent. Personne ne lui répond. Elle s'évertue à croire qu'elle a son mot à dire mais l'équipe médicale s'organise déjà autour d'elle. Elle se tient juste au bord, juste au bord de devenir mère. Elle veut que Jérémy soit là, qu'il se tienne à côté d'elle. Elle voudrait qu'il voie ça, la vie qui peut naître de lui. Alors, ça voudrait dire qu'il y a cela en lui. Tout de cet espoir, du beau et du peut-être.

« Camille, on ne peut plus attendre Jérémy, vous m'entendez ? Sinon, vous prenez un risque pour vous et le bébé, vous comprenez ? »

Elle entend les battements de cœur qui s'emballent. Elle les entend, mais elle ne parvient plus à se raisonner. On ne lui demande pas son avis, on la guide calmement mais ça demeure ferme quand même. l'idée qu'elle n'a plus le choix. Que l'accouchement a débuté. Et les douleurs se déplacent, elles changent, se mélangent. Camille bascule dans une transe étrange, où elle fait simplement ce qu'on lui demande de faire. Ce qu'il faut pour que la vie puisse passer à travers elle.

Mais elle n'y arrive pas. Le bébé reste là, logé au fond d'elle. Il ne veut pas sortir, ou alors c'est elle qui le retient.

Il se replie sur lui-même, mais son corps ne bouge pas. Il est seul, fracturé de bout en bout. Jérémy ne réussit plus à déglutir. La salive qui remplit sa bouche déborde de ses lèvres. Comme si tout le sang de son corps s'était libéré de ses veines et qu'il n'était plus qu'un vaste récipient plein de remous internes.

Le visage de Camille.

Camille, je veux vivre, je t'en supplie crois-moi. On va me sortir d'ici, je vais te rejoindre.

Du sang coule sur son menton, et chaque fois qu'il entrouvre les lèvres c'est pour en cracher davantage.

Je t'en supplie Camille, crois-moi, je veux vivre.

Des cris. Son corps, avec lequel il perd toute connexion.

Ce bébé, qui le haïra probablement comme il a passé toute sa vie à se haïr et comme il a perdu tant d'énergie à haïr ceux qui l'ont fait ainsi.

Il entend cette voix. « Monsieur, vous m'entendez ? Monsieur, est-ce que vous pouvez bouger ? » Il murmure « Le bébé », mais aucune syllabe ne s'emboîte.

Alors il le crie plus fort, il veut que quelqu'un l'entende, que quelqu'un sache : « Le bébé ! »

Le froid saisit sa nuque, jusque derrière le crâne. Il pense au bébé, le bébé, Camille et lui n'ont jamais parlé du prénom. Il ne sait même pas son sexe. C'est comme si jusqu'au bout Camille s'était voulu rassurante, ne pas le faire exister trop vite, lui laisser le temps. Trop de temps. Et maintenant plus assez.

Jérémy voudrait savoir, tout savoir. Savoir si Camille va bien, si le bébé va bien.

Il attrape contre lui ce vide qui cherche à s'expulser de son cœur. Il l'empoigne, le garde contre lui, il sent qu'il se débat mais il le serre plus fort.

Vis, vis chaque jour, vis intensément, mon enfant. Ces zones vides en toi n'existent pas, il n'y a que de l'amour, même si tu ne le vois pas, même si parfois tu pourras en douter, même si tu cesses un jour d'en vouloir. C'est avec cette matière-là, qu'elle a puisée quelque part au fond de moi et qu'elle a mélangée à la sienne, que ta mère t'a fabriqué.

La douleur mange cette image, la sensation de froid dans son corps engloutit tout le reste. Son corps est arraché de l'habitacle, amas de débris de chair. Il est étendu au sol, il voit des boots en cuir courir autour de lui. Pas de visages. Il est étendu là, une grimace qu'il imagine être un sourire sur ses lèvres.

« Poussez, Camille, le bébé arrive ! », la phrase se répète en boucle et prend le contrôle d'elle, des réflexes

de son corps. Camille crache des mots incompréhensibles, elle bave sa douleur, elle pleure, elle est liquide sur la table et personne n'est là pour lui tenir la main que ces peaux froides qu'elle ne connaît pas et qui s'autorisent quand même brièvement. Elle ne veut pas, ne s'autorise pas. Elle serre contre elle une dernière fois toute cette vague qui doit à présent déferler sur sa vie. Elle entend les battements du cœur s'accélérer à nouveau, ces bips incessants que renvoie le monitoring comme un compte à rebours avant l'explosion. Et cette vie qui décide, en elle, de franchir quelques centimètres encore pour enfin exister. Alors elle finit par pousser. Et ça saisit chaque particule en elle, chaque muscle, chaque organe. Comme un flux qui s'aligne, un chemin qui s'ouvre. Elle pleure et elle crie. Elle pousse et quand elle reprend son souffle, elle regarde la porte, s'attend à voir Jérémy entrer, avec sa combinaison en papier. Mais elle ne le voit pas et elle pousse à nouveau, encore. Tout l'emporte. La douleur est rythmée par les voix autour d'elle, elle n'est pas seule et pourtant, ses larmes viennent de loin au-dedans.

La sensation se propage sur le devant, jusqu'entre ses deux yeux. Jérémy revoit sa mère.

Elle se penche vers lui. Son front contre son front. Il reconnaît cette chaleur. Il reconnaît cet amour. D'une main, sa mère écarte la douleur.

Crépitement derrière les paupières. Comme une interférence. À peine conscient, il devine autour de lui l'intérieur d'une ambulance.

Des visages se succèdent au-dessus du sien. Sa mère est là. Peut-être pas.

Peut-être que ces mains qui s'activent ne cherchent pas à le caresser.

À la douceur succède une sensation froide et mécanique. Il sent des aiguilles s'enfoncer sous la peau.

Est-ce que sa mère le serre contre elle, ou est-ce que ce sont les sangles qui le maintiennent immobiles ?

Cette sonnerie de téléphone, est-ce que c'est dans sa tête ? Et cette voix qui revient sans cesse.

Il trouve la force de murmurer « Camille... », puis perd conscience, à nouveau. Dans ce coton, il pense à cet enfant, ses cris, ses rires. Il l'embrasse pour la première fois, là, au milieu des ombres.

« Monsieur ? Monsieur, vous m'entendez ? »

L'ambulance accélère, à travers la nuit noire.

Un cri résonne dans toute la maternité. Un cri appelle toute la vie à lui, toute la lumière, toutes les sensations. Dans le chaos qui s'ouvre, un cri se fraie un chemin. Loin dans l'immensité qu'il appelle et qui lui répond, un cri sans fioriture qui raconte l'existence, la naissance, le début de tout. Le cri d'un bébé vient de fendre le monde. Tout de son histoire, de ses chemins, de ses douleurs et de ses doutes. Un cri comme une certitude. Une promesse. Un secret qui se révèle et s'offre. Quand la sage-femme pose le bébé sur les seins de Camille, elle pleure parce que le cri de son enfant lui rappelle tout de ce qui l'a conduite ici. Toutes les fois de cette vie où elle est passée au travers elle aussi. Il y a toujours de la vie, au creux de la douleur. Et inversement, de la douleur au creux de cette vie. Elle laisse ce cri tranchant les séparer l'une de l'autre et ne laisser que le fil tendu de l'existence, là contre sa peau. Et Camille pleure à son tour, tandis que s'arrache d'elle toute la peur.

— Jérémy est là ? Vous avez vérifié s'il était là ?

— On va aller regarder dans le couloir.

— S'il vous plaît, je veux qu'il le voie. Je veux qu'il voie son fils.

Elle pleure et le serre contre elle, morceau fripé de peau. Elle le serrera contre elle jusqu'à ce que Jérémy arrive, c'est ce qu'elle se répète. Elle va le serrer jusqu'à ce qu'il soit là. Elle sent les battements de son cœur se caler sur les siens, chercher leur propre fréquence, se rejoindre.

Quelques minutes, madame, il faut le laisser quelques minutes et on vous le ramène. L'infirmière prend le nourrisson lentement, mais c'est déjà comme si on arrachait tout de Camille tandis que leurs peaux se décollent. Il faut emmener le bébé, pour ses soins, sa toilette. Alors elle reste là, à chercher son souffle dans un hoquet de larmes. Elle continue de fixer la porte. Elle attend Jérémy. Elle ne fait plus que ça. Mais Jérémy n'arrive pas.

Jérémy n'arrivera pas.

Dans sa chambre d'hôpital, il scrute le plafond de longues heures. La tache ne l'a pas suivi. Elle n'est pas là, avec lui. Il panique au début, il pense à Camille, seule avec cette présence maléfique au-dessus d'elle à l'appartement. Mais il sait que c'est absurde, qu'il n'arrivera plus rien de mal à Camille maintenant qu'il est ici. C'est lui la seule chose à enfermer. Lui qu'il faut garder entre ces quatre murs. Sa chambre n'est pas une cellule mais c'est presque ça. Une boîte. *Laissez-moi dans une boîte et jetez la clé.*

Il traque dans l'immensité blanche au-dessus de lui les réponses qu'il a cherchées tout le temps où il a avancé jusqu'à se retrouver dans ce lit. Mais la tache n'existe pas ici, pas au sens de cette masse qui se répand et cherche à l'avaler depuis tant de mois. Ici la véritable tache est quantifiable, mesurable, ici on sait comment la contraindre, lui parler, on sait comment l'obliger à revenir en arrière, à rebrousser tout son chemin pour retourner à cette brèche minuscule dont elle est sortie.

On sait qu'il est possible de l'y faire retourner.

On prononce ses noms, pour lui montrer que l'on n'a pas peur d'elle.

Dépression.

Angoisse.

Anxiété.

On lui dit qu'on y voit clair et qu'elle n'impressionne pas. Elle existe, oui, mais elle doit apprendre à le faire sans blesser qui que ce soit.

Alors, un bref instant, après avoir observé chaque centimètre carré du plafond et des murs, Jérémy pleure de soulagement.

Ces larmes d'après.

Quand toutes les forces ont été jetées droit devant nous et qu'on ne peut plus rien faire, juste espérer que c'est ici,

l'endroit

où

l'on va trouver

le repos.

Il avait voulu mourir pour l'emmener avec lui,

cette fatigue.

S'endormir sur cette peine immense.

L'énergie que ça demande de vivre,

quand tout de soi veut s'arrêter,

les gens comprennent à présent.

Autour de lui.

Ils ont compris.

S'il parvient à remonter le fil de cette larme, il pourra réparer ce qui doit l'être.

SIX

Noah s'est endormi. Depuis l'encadrement de la porte de sa chambre, Camille ne le quitte pas des yeux. Même dans l'obscurité elle peut le voir briller doucement. Maintenant qu'elle s'est habituée à lui, à sa présence, elle se rend compte à quel point ça continue d'être étrange, les moments où elle s'interrompt pour le regarder vivre. Parfois, pendant quelques secondes, elle cesse de croire que ça puisse exister, un morceau d'elle qui se tient là, à quelques mètres, ni tout à fait elle ni tout à fait quelqu'un d'autre. C'est toute cette chambre qui tient dans son ventre désormais, tout ce qui entoure Noah. Toutes les rues, toutes les voix, le parc, la crèche, la ville entière. Tout d'une réalité dont elle doit accoucher chaque jour, un nouveau monde auquel elle a donné naissance.

La silhouette de Noah qui se dessine dans le lit se gonfle sous les couvertures. Camille suit le lent mouvement de sa respiration. Le minuscule bébé est devenu un petit garçon de trois ans, qui ne cesse de grandir et d'accueillir des émotions. Un jour, Camille lui dira tout ce qu'elles lui permettront d'accomplir, ces émotions qui bousculeront ses certitudes. Elles le surprendront, l'entraîneront ailleurs, elles dessineront une vie pour lui.

Elle lui apprendra ce en quoi il faut croire, ces intuitions qu'il faut suivre. Ce que le cœur murmure et qu'il faut écouter. C'est de cet endroit de l'amour qu'il est né. Au croisement de deux vies qui n'ont cru qu'aux murmures, qu'aux petites voix. Quand tout autour d'elles criait la douleur, une musique continuait de faire danser leurs âmes et leurs espoirs. Et leur disait d'essayer.

Essayer de s'aimer, de respirer, de vivre.

Essayer de se lier et de porter ensemble le poids des chagrins.

Camille est épuisée, mais ce n'est plus ce harassement d'autrefois. C'est une fatigue pleine et ronde, remplie de lui. Avant, elle était fatiguée de courir. Ces distances à tenir, ces vides à parcourir, à la recherche d'une sensation de paix. Depuis l'enfance, ce n'était qu'une fuite qui n'en finissait pas. Camille arpentait son existence sans jamais se trouver. Mais elle est enfin arrivée au bon endroit, où que Noah soit. Camille saura comment faire, car les moments de ténèbres auprès de Jérémy lui ont appris comment briller plus fort. Elle est prête. Elle ne s'efface plus. Jamais plus elle ne recule.

Camille a cessé d'avoir peur. Elle dessine autour de son fils des flammes qui réchauffent, éclairent sa route et le protègent. Elle est ce feu maternel dans lequel brûle les souvenirs inutiles, ceux qui ne servent à rien pour nourrir tout l'amour dont elle et lui ont besoin. Plus rien ne compte que ça, à présent, entretenir ce feu gardien qui les rassemble.

Il se colle dans son dos et passe les mains autour de son ventre. Elle est surprise d'abord. Puis son corps s'abandonne vers l'arrière, contre lui. Jérémy lui demande si Noah s'est endormi.

— Oui, je lui ai mis son pyjama et il s'est écroulé.

— Il s'était déjà endormi dans la voiture, c'est un miracle qu'on n'ait pas eu à le coucher tout habillé.

— Oui, il était content de sa journée.

— Et toi ? Tu as passé une bonne journée ?

— Oui, on devrait faire ça plus souvent maintenant que tu arrives à marcher sans ta canne. Attends, viens voir, ma mère m'a envoyé une photo.

S'il garde des séquelles de l'accident, Jérémy tient debout. Il avance, et ça dit tout de lui. Le fil était cassé, il n'était plus le fils. Il est le père à présent, quelque chose s'est renoué. Il a ouvert sa porte au reste du temps, et le vide sous ses pieds est devenu solide.

Il a fallu tout réapprendre. La convalescence, la rééducation longue et difficile. Poser un pied par terre, puis un autre. Comment marcher. Des pas, d'abord sur quelques mètres, du lit au mur, puis le long des couloirs.

Noah a fait ses premiers pas presque en même temps que lui, dans la salle de rééducation. De sorte qu'il a compris, en l'observant. Ce que demande cette vie. Quel que soit l'âge qu'on a. Noah a marché dans sa direction, en titubant sur un pied puis sur l'autre, sans la peur de tomber, d'un élan simple et clair. Sans même s'en rendre compte, on marche vers ce qui a du sens. On marche vers ce qui nous rend vivant.

Noah est né et c'est la preuve pour Jérémy que quelque chose en lui existait, cherchait à se tracer un chemin dans les ténèbres et la peur. Dans la carcasse de la voiture, juste après l'accident, le cri qui a résonné le plus fort était celui qui disait qu'il voulait vivre. Qui appelait à l'aide.

Tout un pan de l'avenir a répondu. À la maternité où Noah est né, trois ans plus tard on parle encore de ce cri qu'il a poussé et qui a fait trembler les murs quand il est sorti de sa mère.

Il y a des jours où c'est compliqué.

Jérémy ne sait pas si ça sera totalement résolu, son rapport à la vie.

Il se tient là, il est heureux, et le reste on verra.

C'est fragile et fort.

Sombre et lumineux aussi.

C'est tout ça à la fois.

Ce qui le compose.

Et c'est humain, surtout. Ce qui casse en lui. Et ce qu'il reconstruit. Les efforts que ça demande.

On fait ce qu'on peut, avec ce qu'on a. C'est ça la vérité. La seule chose à comprendre.

Pour le deviner il faut s'être tenu à la frontière de soi. Cet endroit des limites solides, celles auxquelles on se heurte un jour, malgré toute la bonne volonté, tout le courage. On découvre l'évidence : cette vie n'est facile pour personne et elle ne nous doit rien. Tout en est l'écrin, on ne peut pas faire le tri. On habite, seul, nos douleurs autant que nos possibles.

On la saisit, cette vie, ou on la laisse tomber. On apprend à se sentir vivant, un pas à pas millimétrique de la naissance à la fin. On apprend à marcher sur tout le mouvant en nous. Et on essaie de ne pas se retrouver là, à nouveau, à buter sur les parois de soi.

Comme une mouche stupide qui ne voit pas la vitre.

Ainsi seulement, commence l'avenir.

Le premier jour.

Cette vie n'est qu'un premier jour quand on se sent vivant.

On ne change pas un matin. Il n'y a pas de métamorphose. On a ces matériaux en nous. On a la glaise, le bois, la pierre. La chair, le sang, la matière tendre. On est le fruit et le pépin, la branche autant que la racine. On est l'histoire d'une humanité prise au piège et qui cherche l'issue d'un bout à l'autre d'elle. Et c'est à travers nous-même qu'on la réinvente et qu'on lui donne une chance. Juste en se tenant là.

On apprend, c'est tout. À vivre. Les années abattent autour de nous les obstacles et les imprévus. Et on choisit : passer au travers ou se laisser chuter. Alors on les enjambe ces années, on les escalade, on fore au-dedans. Et qu'on ait neuf ans, vingt-huit ans, quarante-trois ou soixante, on continue d'avancer. Des milliards de vies se brassent, chaque jour. On se laisse entraîner dans le flux, et on essaie de tenir debout, dans le vent de nos craintes, dans la neige des matins tristes, dans la pluie de regrets et la nuit de nos doutes. On est fait d'accalmies et de tempêtes, de soleil et de grêle. Tout nous échappe et tout nous revient. Il faut continuer, malgré tout. Envers et contre tout.

Notre place n'existe pas, on se la fait, c'est tout. Elle est là cette vie à vivre, elle est droit devant soi.

Si l'on s'arrête, si l'on tombe du cadre, si l'on trébuche, ça ne changera rien. Pas la face du monde, pas la magie à l'œuvre.

Le temps qui nous est accordé, on fait du mieux qu'on peut pour le gorger d'espoir. Petit à petit, une montagne après l'autre, un caillou, une poussière, on prend ce qui nous pèse, on le laisse derrière soi, on se libère, on apprend.

On avance, en mouvement toujours.

Même si, parfois, ce n'est qu'en avalanches. Que tout casse, tout s'effondre.

On se faufile. On évite. On esquive.

Oui, on fait ce qu'on peut avec ce qu'on a.

On fait avec les autres, le mal qu'ils nous font, la peine qu'ils nous infligent, leur souvenir en nous. On garde leurs empreintes. Un jour ils font partie de nous. On n'en souffre plus.

Ce n'est pas facile, ça ne le sera jamais.

Mais ça vaut tout ce mal qu'on se donne.

Se sentir plus vivant que mort.

On mesure l'un et l'autre : cette part de ténèbres en nous et ce qui la soulage.

Jusqu'à une certitude. Une infime et intime vérité qui transperce le voile obscur.

La force qui traverse ce monde.

L'énergie qui l'emporte, le secoue, le bouscule et l'agite.

Et soudain, le calme qui l'éclaire.

Là, dans ce tourbillon, naissent des bonheurs qu'on s'essaie à saisir, pour peu qu'on puisse les voir.

Alors parfois, ça nous rend plus vivant que mort.

Et sans l'avoir vraiment voulu, sans y avoir pensé, sans savoir comment, on se tient là, sa main dans celle de quelque chose de plus grand.

— Regarde cette photo que ma mère a envoyée, je la trouve super. On marche tous les trois. Tu as vu le sourire de Noah ?

Et sans l'avoir vraiment voulu, sans y avoir pensé, sans savoir comment, on se tient là, sa main dans celle de quelque chose de plus grand que sa douleur.

On avance.

Six pieds sur terre.

O

Quand Jérémy est rentré, c'est la première chose qu'il a remarquée. Avant d'allumer la lumière et de lever la tête : cette odeur de peinture fraîche. Des ouvriers mandatés par l'assurance sont venus repeindre le plafond. .

Un contre-expert avait fini par identifier la fuite. Ce con de voisin qui n'avait pas tout raconté. Un joint, au niveau de ses toilettes, un goutte-à-goutte incessant. Il avait menti quand il avait assuré qu'un plombier était venu vérifier qu'il n'y avait pas de problème, pas de facture pour le prouver. Il aurait fallu insister après les fins de non-recevoir. Le type ne s'était occupé de rien. Pendant des mois, l'eau s'était accumulée entre son sol et le plafond de Camille et Jérémy, jusqu'à provoquer ce dégât des eaux. Jérémy n'avait pas cherché dans la bonne direction.

Rien besoin de casser. Il suffisait de mettre le doigt sur le minuscule grain de sable, de le prendre délicatement et de souffler dessus. C'est le don de Camille. Trouver l'endroit cassé.

Le plafond avait séché pendant des mois, puis l'assurance avait mis en branle le chantier de rénovation dans la foulée. Toute la surface raclée, poncée, préparée, repeinte. Une journée à peine. La tache qui recouvrait la moitié de leur ciel avait disparu parce que le problème était résolu en profondeur. La fuite interrompue. Cette larme interminable sans début ni fin avait été tranchée. C'est dingue ce qu'une brèche peut infliger de dommages et d'avaries. Jusqu'à ce qu'on la trouve, qu'on la nomme, qu'on fasse le nécessaire. Sans en avoir conscience, Jérémy se tient un peu plus droit, un peu mieux dans ses pompes. Ce qui s'est réparé il le mesure, maintenant, tandis qu'il lève les yeux et que plus rien ne fait obstacle au-dessus de lui, ni ses angoisses, ni ses peurs.

DU MÊME AUTEUR

à venir

DANS LA MÊME COLLECTION

Jean-Charles CHAPUZET
Le Cri de la Cigogne

Séverine VIDAL
Le Goût du temps dans la bouche
(janvier 2022)

Imprimé en France par CPI
en mai 2021

pca
cmb
édition pré-presse
livres numériques

44400 Rezé

MIXTE
Papier issu de
sources responsables
FSC® C003309

L'éditeur de cet ouvrage s'engage dans une démarche
de certification FSC® qui contribue à la préservation
des forêts pour les générations futures.

Pour en savoir plus :
www.editis.com/engagement-rse/

N° d'édition : 62080/01 – N° d'impression : 2058000